粵語速成

中級教材

總主編　吳偉平　　編審　沈敏瑜

U0132478

商務印書館

粵語速成（中級教材）

總　主　編：吳偉平

編　　　審：沈敏瑜

審　　　訂：香港中文大學雅禮中國語文研習所

責任編輯：盧雁君

出　　　版：商務印書館（香港）有限公司

　　　　　　香港筲箕灣耀興道 3 號東滙廣場 8 樓

　　　　　　http://www.commercialpress.com.hk

發　　　行：香港聯合書刊物流有限公司

　　　　　　香港新界荃灣德士古道 220-248 號荃灣工業中心 16 樓

印　　　刷：美雅印刷製本有限公司

　　　　　　九龍觀塘榮業街 6 號海濱工業大廈 4 樓 A 室

版　　　次：2024 年 2 月第 1 版第 9 次印刷

　　　　　　© 2012 商務印書館（香港）有限公司

　　　　　　ISBN 978 962 07 1959 2

　　　　　　Printed in Hong Kong

目　錄

PREFACE 總 序

The Yale-China Chinese Language Center (CLC) of The Chinese University of Hong Kong, founded in 1963, offers a variety of language training programs for students throughout the world who come to Hong Kong to learn Chinese. As a teaching unit of the University, CLC is responsible for teaching local students from Hong Kong who are learning Putonghua (Mandarin Chinese), and international students who are learning both Putonghua and Cantonese. Over the years, CLC has been playing a key role in three major areas in teaching Chinese as a Second Language (CSL): (1) Publication of teaching materials, (2) Teaching related research, and (3) Assessment tools that serve both the academic and the general public.

The Teaching Materials Project (TMP) aims to create and publish a series of teaching materials under the Pragmatic Framework, which reflects findings in sociolinguistic research and their applications in teaching CSL. Since most the learners are now motivated by the desire to use the language they learn in real life communication, a pragmatic approach in teaching and materials preparation is seen as a welcoming and much needed addition to the repertoire of CSL textbooks. The TMP covers the following categories of teaching materials in the CSL field:

Category I. Fast Course: Textbooks designed to meet the needs of many Putonghua or Cantonese learners of various language and culture backgrounds who prefer to take short courses due to various reasons.

Category II. Sector-specific Language Training Modules (SLTM): a modularized textbook geared towards the needs of learners in the same business (e.g. tourism) or professional (e.g. legal) sector.

Category III. Language in Communication: a set of multi-volume textbooks for Putonghua and Cantonese respectively, designed for the core program which serves the needs of full-time international students who are enrolled in our high-diploma Program in either Putonghua or Cantonese for a systematic approach to learning the language.

Characteristics of the textbook under each category above are explained, and special thanks expressed, under "Introduction and Acknowledgement" by the Editor(s) of each volume. As the TMP Leader and Series Editor of all volumes under the "CSL Teaching Materials Series", it's my privilege to launch and lead this project with the support of CLC teachers and staff. It also gives me great pleasure to work together with all editors and key members of the TMP team, as well as professionals from the Publishers, who are our great partners in the publication of the CSL Series.

Weiping M. Wu, Ph.D.
TMP Leader and Editor for the CSL Series
The Chinese University of Hong Kong
Shatin, Hong Kong SAR

INTRODUCTION 前言

　　《粵語速成》是針對以普通話為母語的人士的特點和需要編寫的系列粵語口語教材，分為初、中、高級，本書是中級。主要供來港的大學在校學生和社會上業餘進修人士使用，也適用於有一定中文基礎的外國人。

教材編寫理念

　　語用為綱：儘管在語言教學界目前已逐漸形成了一個共識：強調語言學習的最終目標不是得到語言知識，不只是單純掌握標準的語音、規範的詞彙和語法形式，而是能夠運用這種語言交流信息、表達思想，完成社會生活中的各種交際任務。但是如何達到這一目標卻大有探索的空間，語言本體為綱類的教材和教法在此總是顯得力有不逮。我們努力嘗試以語用為綱，培養學習者根據語境得體地使用語言的能力，並希望在教學大綱、教材製作、課堂活動以及語言測試中體現這一理念。具體到教材層面，我們通過設置"語境＋功能"的語用範例呈現語言材料，讓學生進行學習和操練，通過設計"語境＋功能"的練習使學生運用所學內容並產出言語，完成仿真的交際任務。教材依然提供相關的語言知識，學生通過學習羅馬拼音，觀察對比粵普語言要素，歸納語言規律，加強難點訓練，以期收到舉一反三、事半功倍之效。只要我們始終不忘記最終的教學目標是培養語言運用的能力，語言知識就能更好地為目的服務。

　　口語為本：學習者的學習目的應該是製作教材的依據。香港地區學習粵語的人士的目的因人而異：有人為獲取資訊、方便工作、旅遊；有人為考試、拿學分、掙文憑；為興趣的也不乏其人。但多數人還是希望能通過學習具備粵語口語表達能力。本教材中的課文無論是對話還是短文都採用口語語體，說話練習也集中在強化語音訓練和在一定的語境裏說話。

教材內容

本系列教材內容涉及家庭生活、社會生活和公開場合演講及説話技巧，話題由淺入深，包含了多種語言功能，如介紹、查詢、提供資訊、描述、説明、批評、投訴、比較、建議等等。中高級教材還設有專門的單元針對語言功能進行練習。

教材特點

強調語境和語言功能：教材各課圍繞話題、聯繫語境。每課各項環節努力將強化語音和培養説話能力這兩種訓練結合在一起。各種語言功能按照難易程度分插在初、中、高三冊。

針對學習粵語人士的學習難點：教材編寫者都是在教授粵語方面有豐富經驗的資深教師，在教材的編寫過程中有意識地針對語音、詞語運用和表達方式的差異進行對比、強化。

編寫配置實用的練習：從某種意義上説，練習部分絕不是教材裏可有可無的部分，而是達至教學目標的重要階梯。練甚麼、怎麼練也是決定學習效果的關鍵。本教材重視練習的編寫，有針對語音、詞語、説話的多種形式的練習，所有練習儘量配合相關話題，減少孤立的操練。通過對難點的反覆操練，達到鞏固學習效果的目的。

側重實用、強化口語訓練：課文和説話練習儘量選取貼近現實生活的語境。詞彙和表達方式的選取以實用為準則。説話訓練從第一課就開始，並貫穿全書。

明確階段目標、循序漸進提高説話能力：全書三冊階段性目標明確，從短語、句子訓練，到語段訓練，再到篇章結構訓練，在提高學習者的語音準確度的同時，逐步加強成句、成段、成章的能力，增進説話的持續能力和提高流利度。

《粵語速成》（中級教材）的結構

1. 課文：本書一共有十課，每課以話題為中心，由若干段對話或短講組成。每課課文的文字都配有羅馬拼音，文字與拼音分開兩邊排列，方便對照，也可以減少二者之間的干擾，或是過於依賴的情況。

2. 註釋：由於《粵語速成》的初級教材已經基本上覆蓋了粵普語法方面的差異，中級教材不再單獨設語法一節，課文中出現的需要詳細解釋的語法以註釋的形式附於課文之後，對課文中出現的文化現象也在註釋中作進一步説明。

3. 詞語表：列出課文中出現的難點詞語，主要針對粵普詞彙差異。除了課文中的解釋，如果還有其他常用解釋，也在詞語表中標出。詞語索引配有英文釋義，可供普英雙語學習者參考。

4. 語音練習：針對粵普之間有明顯差異，以及普通話人士普遍存在的發音問題而編寫的專項訓練。

5. 附加詞彙：提供配合當課主題的實用詞語，以擴大學生的詞彙量，同時練習語音。學生在進行説話練習時也可以在這一部分選擇需要的詞語。

6. 情景説話練習：模擬真實生活環境，需要學生通過分組活動、發表見解、角色扮演、討論等形式創造性地運用語言。如第一課有一個這樣的情景説話練習：

>   郭先生同郭太太想搬屋。佢哋去一間地產公司同經紀周小姐傾租樓嘅事。郭生同郭太問到各區樓嘅租金同居住環境，周小姐就一一解答佢哋嘅問題。請三位同學分別扮演呢三個角色，進行對話。

附錄中按功能劃分列出了情景説話練習的索引，方便讀者有針對性地練習某項功能。

本教材是香港中文大學雅禮中國語文研習所"教材開發項目"的成果之一（見總序）。謹在此感謝項目負責人吳偉平博士在教材體系和編寫理念方面的宏觀指導以及在全書目錄、語言功能和相關語境方面的所提出的具體意見。《粵語速成》（中級教材）成書過程中經過多次修改，廣東話組的老師們貢獻尤多。感謝組長李兆麟博士數度閱讀幾個修改稿並提出了寶貴的意見，以及多次組織專門會議收集意見。感謝文肖群老師、陳京英老師、關彩華老師、譚飛燕老師參與課文創作，陳京英老師編寫語音練習。其他老師——鄧麗絲、陳小萍、梁振邦、胡佰德、陳泳因、陳英敏、胡瑞嬈、鄭婉薇、尹嘉敏、張冠雄、陳智樑、陳健榮、沈嘉儀——均為編者提供了很多有益的反饋意見和建議，陳智樑老師、陳健榮老師和沈嘉儀老師為本書的校對工作付出了大量努力和時間。學術組組長陳凡老師從學術角度給予本書大力支持。本所普通話老師張欣、黃楹、劉鍵為本書的普通話翻譯校對做了大量工作。本書錄音由陳健榮、陳泳因、陳智樑、李兆麟、沈嘉儀、沈敏瑜和鄭婉薇幾位老師擔任。麥雪芝女士主管的辦公室提供可靠的後勤支援，譚建先生提供電腦排版的技術支援，在此一併表示衷心感謝。

編者謹誌

2011 年 6 月

改善居住環境

1 課文

羅馬拼音	廣東話
Chàhn Ji-lèuhng léuhng fūfúh hái daaihluhk jouhjó géinìhn yéh, gāmnìhn Ji-lèuhng gūngsī diuhjó kéuih fāan Hēunggóng, kéuih jauh daaimàaih taaitáai Méih-lìhng yātchàih fāanlàih la.	陳志良兩夫婦喺大陸做咗幾年嘢，今年志良公司調咗佢返香港，佢就帶埋太太美玲一齊返嚟嘑。
Fāanlàih Hēunggóng jyuh bīndouh hóu nē? Ji-lèuhng yātgā búnlòih jyuhhōi gūngguhng ūkchyūn ge, jī hauh būnjóyahp Gēuiūk. Kéuihdeih yìhgā jyuhge dāanwái yáuh luhkbaakgéi chek, sāam fóng yāt tēng, hái Hēunggóngdéi, dōu syun géi futlohk ge la.	返嚟香港住邊度好呢？志良一家本來住開公共屋邨嘅，之後搬咗入居屋。佢哋而家住嘅單位有六百幾尺，三房一廳，喺香港地，都算幾闊落嘅嘑。
Daahnhaih kéuihdeih hóu séung būn chēutheui lihngngoih jihgéi jōu deihfōng jyuh. Bàhbā móuh fáandeui, daahnhaih màhmā jauh m̀haih géi sédāk.	但係佢哋好想搬出去另外自己租地方住，爸爸冇反對，但係媽媽就唔係幾捨得。
Màhmā:	媽媽：
Néihdeih gamdō nìhn móuh hái ūkkéi, fāandoulàih gánghaih tùhng dēdìh māmìh yātchái jyuh ge lā, jouh māt jihgéi būnhōi jē?	你哋咁多年冇喺屋企，返到嚟梗係同爹地媽咪一齊住嘅啦，做乜自己搬開啫？
Ji-lèuhng:	志良：
Ngóhdeih hái daaihluhk jyuhgwaan daaihge deihfōng, m̀gwaan jyuhdāk gam bīkgihp. Ngóhdeih hái fuhgahn ge sīyàhn ūkyún jōu chàhng láu, gám maih hóyíh sìhsìh fāanlàih taam néihdeih tùhng yám tōng lō!	我哋喺大陸住慣大嘅地方，唔慣住得咁逼狹。我哋喺附近嘅私人屋苑租層樓，噉咪可以時時返嚟探你哋同飲湯囉！

羅馬拼音	廣東話
Lóuh Chán: Tái yìhgā go làuhsíh, juhng yáuhdāk sīng a, bātyùh chanjóu gūngfāan chàhng lā!	老陳： 睇而家個樓市，仲有得升呀，不如趁早供返層啦！
Ji-lèuhng: Néih gú wah gam yih mē! Yauh yiu yāt bāt sáukèih, yauh yiu béi leuhtsīfai tùhng gīnggéi yúnggām, yauh yiu jōngsāu. Joi góng lā, yíhhauh dōu m̀jī wúih m̀wúih joi fāan séuhng daaihluhk jouhyéh, dōu haih jōu láu jyuhjyuh sīn lā.	志良： 你估話咁易咩！又要一筆首期，又要俾律師費同經紀佣金，又要裝修。再講啦，以後都唔知會唔會再返上大陸做嘢，都係租樓住住先啦。
Lóuh Chán: Jōu láu dōu yiu béi gīnggéi yúnggām ge bo. Néihdeih heui deihcháan gūngsī mahnháh sīn, yùhgwó yiu jōngsāu, ngóh hóyíh bōng néihdeih ge. Daihyih yaht, Ji-lèuhng tùhng Méih-lìhng gáanjó gāan seunyuh hóu ge deihcháan gūngsī hàahng yahpheui, yáuh go gīnggéi Wòhng sīnsāang chēutlàih jīufū kéuihdeih.	老陳： 租樓都要俾經紀佣金嘅嘈。你哋去地產公司問吓先，如果要裝修，我可以幫你哋嘅。 第二日，志良同美玲揀咗間信譽好嘅地產公司行入去，有個經紀黃先生出嚟招呼佢哋。
Wòhng sīnsāang: Yáuh mātyéh hóyíh bōngdóu léuhngwái nē? Nījēung haih ngóh ge kāatpín.	黃先生： 有乜野可以幫倒兩位呢？呢張係我嘅咭片。
Ji-lèuhng: Ngóhdeih séung hái nīgo ūkyún jōu chàhng láu.	志良： 我哋想喺呢個屋苑租層樓。
Wòhng sīnsāang: Dím chīngfū sīnsāang néih nē?	黃先生： 點稱呼先生你呢？
Ji-lèuhng: Ngóh sing Chàhn.	志良： 我姓陳。

羅馬拼音	廣東話
Wòhng sīnsāang: Chàhn sāang séung jōu chàhng dímyéung ge láu gám nē?	黃先生： 陳生想租層點樣嘅樓嗽呢？
Ji-lèuhng: Ngóhdeih séung jōu go baat gáu baak chek dóu ge dāanwái, yiu hōiyèuhngdī, jihngdī ge. Heungnàahm jauh jeuihhóu lā. Seuihfóng léuhnggāan jauh gau la, chyùhfóng tùhng chūnglèuhngfóng m̀hóu taai sai.	志良： 我哋想租個八九百尺度嘅單位，要開揚啲、靜啲嘅，向南就最好啦。睡房兩間就夠嚹，廚房同沖涼房唔好太細。
Wòhng sīnsāang: Āam la, ngóhdeih yáuh yihpjyú fongjó géigo pún, hóu āam Chàhn sāang néih, yātjahngāan hóyíh daai néihdeih heui táiháh. Nīgo ūkyún jānhaih hóu m̀cho ga, wohng jūng daai jing, gāautūng fōngbihn, fuhgahn yáuh go hóudaaih ge Baakgāai tùhng gāaisíh, yáuh yàuhjaahm tùhng chēfòhng. Yahpbihn yáuh tìhngchēchèuhng, yáuh go hóu daaih ge fāyún, yáuh jyuhhaak wuihsó, wihngchìh, móhngkàuhchèuhng, gihnsānsāt dángdáng. Dī chitsī yauh sān, géi bouh līp dōuhaih sānjíng ge.	黃先生： 啱嚹，我哋有業主放咗幾個盤，好啱陳生你，一陣間可以帶你哋去睇吓。呢個屋苑真係好唔錯㗎，旺中帶靜，交通方便，附近有個好大嘅百佳同街市，有油站同車房。入便有停車場，有個好大嘅花園，有住客會所、泳池、網球場、健身室等等。啲設施又新，幾部較都係新整嘅。
Wòhng sīnsāang gānjyuh dájó géigo dihnwá, yeukhóu dī yihpjyú, jauh daai kéuihdeih heui tái láu. Nī léuhng sāam yaht kéuihdeih yātguhng táijó sahpgéi go dāanwái, jēutjī wándóu yātgāan sēungdōng hahpsīk ge. Sēuiyìhn gógo dāanwái móuh māt jōngsāu, daahnhaih hóu gōnjehng, yáuhchàih sèhngngūk dihnhei, chyùhfóng léuihbihn syutgwaih, sáiyīgēi, jyúsihklòuh yeuhngyeuhng dōu yáuh. Yìhché go dāanwái heung dūngnàahm, mohngdóu fāyún tùhng wihngchìh. Baatbaakgéi chek maahnyāt mān jōu, gúnléihfai, chāaihéung chyùhn bāau, séui dihn lihnggai. Kéuihdeih lohkjó dehng, daihyih yaht, jauh tùhng go yihpjyú hái deihcháan gūngsī chīmjó léuhngnìhn jōuyeuk, gáaikyutjó jyuh ge mahntàih.	黃先生跟住打咗幾個電話，約好啲業主，就帶佢哋去睇樓。呢兩三日佢哋一共睇咗十幾個單位，卒之搵倒一間相當合適嘅。雖然嗰個單位有乜裝修，但係好乾淨，有齊成屋電器，廚房裏便雪櫃、洗衣機、煮食爐樣樣都有。而且個單位向東南，望倒花園同泳池。八百幾尺萬一蚊租，管理費、差餉全包，水電另計。佢哋落咗訂，第二日，就同個業主喺地產公司簽咗兩年租約，解決咗住嘅問題。

羅馬拼音	廣東話
Ji-lèuhng Méih-lìhng hahgo láihbaai jauh wúih yáuh sān ūk ge sósìh la, sóyíh gāmmáahn sihkyùhn faahn jīhauh, kéuihdeih kīnghéi dímyéung jōngsāu tùhng bouji sāngēui.	志良美玲下個禮拜就會有新屋嘅鎖匙 嘑，所以今晚食完飯之後，佢哋傾起點 樣裝修同佈置新居。
Ji-lèuhng:	志良：
Méih-lìhng, néih wah góchàhng láu sái m̀sái jōngsāu a?	美玲，你話嗰層樓使唔使裝修呀？
Méih-lìhng:	美玲：
Gánghaih yiu lā! Sēuiyìhn chàhng láu haih jōu ge, daahnhaih ngóhdeih dōu séung jyuhdāk syūsyū fuhkfuhk gá, yihché bàhbā yauh wah hóyíh bōng ngóhdeih jōngsāu tīm. Néih chéng géiyaht ga bōngháh kéuih, ngóh fongjó gūng làihmàaih bōngsáu, daaihgā gaapsáu gaapgeuk jouh maih dāk lō!	梗係要啦！雖然層樓係租嘅，但係我哋 都想住得舒舒服服㗎，而且爸爸又話可 以幫我哋裝修添。你請幾日假幫吓佢， 我放咗工嚟埋幫手，大家夾手夾腳做咪 得囉！
Ji-lèuhng:	志良：
Dōu āam gé. Gám buhng chèuhng dím jíng hóu nē?	都啱嘅。嗰埲牆點整好呢？
Méih-lìhng:	美玲：
Nìhm chèuhngjí lā, nìhm chèuhngjí lenggwo yàuh fūiséui, jeui hóu tīnfābáan dōu nìhmmàaih. Jyúyàhn fóng pōu deihjīn, syūfuhkdī; go tēng tùhng lihngngoih léuhnggāan seuihfóng ge yáumuhk deihbáan dáháh laahp jauh dāk la.	嗡牆紙啦，嗡牆紙靚過鬆灰水，最好天 花板都嗡埋。主人房鋪地氈，舒服啲； 個廳同另外兩間睡房嘅柚木地板打吓蠟 就得嘑。
Gāan daaih fóng gói jouh syūfóng, sai gó gāan hóyíh chaakjó jēung chòhng, gói jouh sihdōfóng. Go tēng gam daaih, bātyùh gaanhōi kéuih, góbihn jouh faahntēng, nībihn jouh haaktēng.	間大房改做書房，細嗰間可以拆咗張 牀，改做士多房。個廳咁大，不如間開 佢，嗰便做飯廳，呢便做客廳。

羅馬拼音	廣東話
Ji-lèuhng:	志良：
Syūfóng léuihbihn hóyíh báai léuhngjēung syūtói, leúhnggo syūgwaih waahkjé syūgá. Jyúyàhnfóng yíhgīng yáuh léuhnggo daaih yīgwaih, juhngyáuh géigo gwaihtúng, ngóh nám gau báai ngóhdeih dī sāam ge la. Haaktēngdouh yiu báai jēung sōfá tùhng fong jēung chàhgēi. Faahntēng, ngóh jauh séung báai jēung yùhnge chāantói. Haih la, ngóhdeih máaih mātyéh dāng hóu a?	書房裏便可以擺兩張書枱，兩個書櫃或者書架。主人房已經有兩個大衣櫃，仲有幾個櫃桶，我諗夠擺我哋啲衫嘅嘑。客廳度要擺張梳化同放張茶几。飯廳我就想擺張圓嘅餐枱。係嘑，我哋買乜嘢燈好呀？
Méih-lìhng:	美玲：
Haaktēng yuhng sehdāng, faahntēng yuhng diudāng, gámjauh gausaai gwōngmáahng lā. Haih la, m̀hóu m̀geidāk, ngóhdeih juhng yiu máaih chēunglím bo...	客廳用射燈，飯廳用吊燈，噉就夠晒光猛啦。係嘑，唔好唔記得，我哋仲要買窗簾嚜……
Hóujoih, Ji-lèuhng ge bàhbā haih jōngsāu sīfú, yáuhsìh séuihàuh waahkjé dihnjai waaihjó, kéuih sāam léuhng háh sáugeuk jauh jíngfāan hóu. Sóyíh Ji-lèuhng ge sān ūk m̀sái chéng yàhn jōngsāu. Léuhng fuhjí daaichàih dī chèuihjái a, lòhsī'pāi a, kím a, dihnjyun a, dēng a dángdáng ge yéh, júngguhng yātgo láihbaai jauh gáaudihmsaai la. Ji-lèuhng deui bàhbā wah:	好在，志良嘅爸爸係裝修師傅，有時水喉或者電掣壞咗，佢三兩下手腳就整返好。所以志良嘅新屋唔使請人裝修。兩父子帶齊啲鎚仔呀、螺絲批呀、鉗呀、電鑽呀、釘呀等等嘅嘢，總共一個禮拜就搞掂晒嘑。志良對爸爸話：
Bàhbā, néih dī gūngfū gwóyìhn hóu yéh!	爸爸，你啲工夫果然好嘢！
Lóuh Chán:	老陳：
Hàaih! Ngóh jouh nīhòhng yātlouh jouhjó géisahp nìhn la, yáuh mē gūngchìhng meih jouhgwo ā! Bunsāan hòuhjáak jouhgwo, báangaanfóng yihk jouhgwo. Gónghōi yauh góng ā, Hēunggóngdéi jānhaih pàhnfu yùhnsyùh ge. Yáuhchínlóu ge ūk yáuh yih sāam chīn chek gam daaih, lìhn chūnglèuhngfóng dōu pōusaai wàhnsehk. Kùhngyàhn jauh sèhngdau yàhn bīkmàaih jyuh yātgāan saifóng, bīkgihpdou bātdāklíuh.	唉！我做呢行一路做咗幾十年嘑，有咩工程未做過吖！半山豪宅做過，板間房亦做過。講開又講吖，香港地真係貧富懸殊嘅。有錢佬嘅屋有二三千尺咁大，連沖涼房都鋪晒雲石。窮人就成實人逼埋住一間細房，逼狹到不得了。

羅馬拼音	廣東話
Láihbaaiyaht, kéuihdeih dá dihnwá béi būn'ūk gūngsī aaijó ga chē, yauh chéngjó géigo pàhngyáuh bōngsáu, yātyaht jauh būnhóusaai la. Méih-lìhng juhng hái haaktēng gwahéi léuhngfūk fūnggíngwá, báaijó léuhng pùhn pùhnjōi, chēung ngoihbihn yauh mohngdóu go fāyún, gogo dōu wah kéuihdeih ge sāngēui hóu leng, hóu syūfuhk.	禮拜日，佢哋打電話俾搬屋公司嗌咗架車，又請咗幾個朋友幫手，一日就搬好晒喇。美玲仲喺客廳掛起兩幅風景畫，擺咗兩盆盆栽，窗外便又望倒個花園，個個都話佢哋嘅新居好靚，好舒服。

語法語義註釋

☞　樓、房　廣東話中，"樓"的詞義和普通話不盡相同。與普通話相同的是：(一) 建築物，如"高樓 (làuh) 大廈"；(二) 多層建築中的某一層，如"五樓 (láu)"。不同的是，在廣東話中，"樓"可泛指物業，對應於普通話的"房子"，例如"買樓 (láu)"、"睇樓 (láu)"、"炒樓 (láu)"、"樓 (làuh) 價"。而用於居住的物業，廣東話中還可以用"單位"表示，如普通話的"一套房子"，廣東話應該説"一層樓 (láu)"或"一個單位"。"房"在廣東話中是"房間"之意，如"沖涼房"、"書房"、"班房" (課室)。

☞　你估話咁易咩！　你以為這麼容易！説着容易！"估"是"猜"的意思。

☞　三兩下手腳　形容做事非常快捷熟練，如"佢三兩下手腳就捉住個賊。"（"他三下五除二就把賊抓住了。"）

文化背景註釋

☞　公共屋邨／公屋　香港特區政府租予沒有能力在市場上購置居所的人士的公營房屋。符合資格者須申請及登記，輪候若干年後方可入住。合資格的租戶還可申請購買所居住的公屋單位。

☞　居屋　香港特區政府經營、以折扣價售予中低收入家庭的房屋，補地價後可買賣，是特區政府數個資助自置居所的計劃之一。

☞　差餉　香港政府就房產物業徵收的稅項。因最初徵收差餉是為了支付差役（警察）糧餉所需，故名。

2　詞語

2.1　生詞

	廣東話		釋義
1	gēuijyuh wàahngíng	居住環境	居住條件
2	ūkchyūn / ngūkchyūn	屋邨	住宅小區，尤指政府公屋
2.1	ūkyún / ngūkyún	屋苑	住宅小區，尤指私人樓宇
3	futlohk	闊落	寬敞
4	būnhōi	搬開	搬出去
5	bīkgihp	逼狹	狹小，擠
6	jīufū	招呼	招待，接待
7	kāatpín	咭片	名片
8	hōiyèuhng	開揚	視線無阻擋，敞亮
9	seuihfóng	睡房	臥室
10	chūnglèuhngfóng	沖涼房	浴室

	廣東話		釋義
11	yihpjyú	業主	房主；房東
12	fongpún	放盤	把物業放到市場上出售或出租
13	yàuhjaahm	油站	加油站
14	chēfòhng	車房	汽車維修站
15	līp	軨	升降機，電梯
16	gānjyuh	跟住	接着，然後
17	lihnggai	另計	另算
18	lohkdehng	落訂	付訂金
19	sósìh	鎖匙	鑰匙
20	gaapsáu gaapgeuk	夾手夾腳	一起動手
21	buhng	棒	牆的量詞
22	nìhm	唸	貼
23	yàuh fūiséui	髹灰水	刷牆
23.1	yàuh	髹	刷，塗
24	sihdōfóng	士多房	儲物間
25	gaanhōi	間開	隔開
26	gwōngmáahng	光猛	亮堂
27	gónghōi yauh góng	講開又講	說起來
28	báangaanfóng	板間房	房中房

	廣東話		釋義
29	būn'ūk / būnngūk	搬屋	搬家
30	bōngsáu	幫手	幫忙；幫忙的人，幫手
31	sèhngdau yàhn / sìhngdau yàhn	成竇人	一家子（人）
31.1	dau	竇	窩

2.2　難讀字詞

1	chīngfū	稱呼
2	Baakgāai	百佳
3	gáaikyut	解決
4	chaak	拆
5	chēunglím	窗簾
6	hòhng	行
7	hòuhwàh	豪華
8	pàhnfuyùhnsyùh	貧富懸殊
9	kùhngyàhn	窮人

3 附加詞彙

3.1 家居與裝修

地氈	deihjīn	水掣	séuijai
階磚	gāaijyūn	電掣	dihnjai
柚木地板	yáumuhk deihbáan	鋁窗	léuihchēung
雲石	wàhnsehk	鐵閘	titjaahp
天台	tīntói	玻璃	bōlēi
露台	louhtòih	打通	dátūng
鋅盆	sīngpùhn	漏水	lauhséui
花灑	fāsá	罅	la
浴缸	yuhkgōng	窿	lūng
企缸	kéihgōng	烏煙瘴氣	wūyīnjeunghei
水喉	séui'hàuh	執手尾	jāp sáuméih
水龍頭	séuilùhngtàuh		

3.2 傢俬與電器

梳化	sōfá	吊櫃	diugwaih
茶几	chàhgēi	碌架牀	lūkgáchòhng
餐枱	chāantói	梳妝枱	sōjōngtói
凳	dang	牀頭櫃	chòhngtàuhgwaih
挨拼椅	āaipēngyí / ngāaipēngyí	櫃桶	gwaihtúng
挨拼凳	āaipēngdang / ngāaipēngdang	鏡	geng

咕順	kūséun		熱水爐	yihtséuilòuh
鏡架	genggá		抽氣扇	chāuheisin
花樽	fājēun		電磁爐	dihnchìhlòuh
座地燈	johdeihdāng		微波爐	mèihbōlòuh
座枱燈	johtóidāng		石油氣爐	sehkyàuhhei lòuh
雪櫃	syutgwaih		煮食爐	jyúsihklòuh
風筒	fūngtúng		拖板	tōbáan
風扇	fūngsin		插座	chaapjoh / chaapjó
抽濕機	chāusāpgēi		插頭	chaaptàuh / chaaptáu
吸塵機	kāpchàhngēi			

3.3　工具及其使用

工具名			對應的動詞	
鉗	kím		鉗	kìhm
刨	páau		刨	pàauh
釘	dēng		釘	dēng
鑿	jók		鑿	johk
鋸	geu		鋸	geu
夾	gáap / gíp		夾	gaahp / gihp
鑽	jyun		鑽	jyun
刀	dōu		鐈	gaai
錘	chéui		扰	dám / dahp
士巴拿	sihbālá		擰	níng / nihng
螺絲批	lòhsī'pāi		擰	níng / nihng

註：粵語中的工具名不帶 "子" 字。另外很多這類名詞及其對應的動詞字面上是一樣的，只是聲調或有不同。

附加詞彙粵普對照表

廣東話	釋義
地氈	地毯
階磚	地磚
柚木地板	木地板
雲石	大理石
露台	陽台
鋅盆	洗手盆，洗碗池
花灑	蓮蓬頭
企缸	淋浴間
水喉	水管
水掣	水開關
電掣	電開關，電閘
鐵閘	鐵門
罅	縫
窿	洞
執手尾	把工程主體完成後的零碎工作做完；收拾殘局
梳化	沙發
餐枱	餐桌
凳	椅子；凳子
挨拼椅	靠背椅
挨拼凳	靠背椅

廣東話	釋義
碌架牀	雙層牀，上下架子牀
櫃桶	抽屜
咕順	靠墊
鏡架	鏡框
花樽	花瓶
座地燈	落地燈
座枱燈	枱燈
雪櫃	冰箱
風筒	電吹風
風扇	電扇
熱水爐	電熱水器
煮食爐	爐子
拖板	接線板
鎅	割
扷	捶，大力敲打
士巴拿	扳手
螺絲批	螺絲刀，改錐

4 語音練習：粵普聲母相異字例（1）

4.1 d-t

貸	taai		借貸	je taai
提	tàih		提防	tàihfòhng
淡	táahm		口淡淡	háu táahm táahm
禱	tóu		禱告	tóugou
斷	tyúhn		斷裂	tyúhnliht
盾	téuhn		矛盾	màauhtéuhn
怠	tóih		怠慢	tóihmaahn
殆	tóih		危殆	ngàihtóih
肚	tóuh		肚餓	tóuhngoh
舵	tòh		舵手	tòhsáu

4.2 t-d

踏	daahp		踏腳石	daahpgeuksehk
特	dahk		特殊	dahksyùh
凸	daht		凹凸	nāpdaht
突	daht		突襲	dahtjaahp
彈	daahn		彈性	daahnsing

4.3　p-b

葩	bā		奇葩	kèihbā
品	bán		食品	sihkbán
坡	bō		山坡	sāanbō
僕	buhk		公僕	gūngbuhk
瀑	buhk		瀑布	buhkbou
胖	buhn		肥胖	fèihbuhn
叛	buhn		背叛	buibuhn
乒	bīng		乒乓波	bīngbāmbō
畔	buhn		湖畔	wùhbuhn

4.4　b-p

瀕	pàhn		瀕臨	pàhnlàhm
鄙	péi		卑鄙	bēipéi
抱	póuh		擁抱	yúngpóuh
蚌	póhng		鷸蚌相爭	waht póhng sēungjāng
遍	pin		普遍	póupin
豹	paau		花豹	fāpaau
刨	páau		鬚刨	sōupáau
撥	put		撥扇	putsin

4.5   m-b

秘	bei
泌	bei

秘撈	beilōu
內分泌	noihfānbei

4.6   b-m

擘	maak
剝	mōk

擘大口得個窿	maakdaaih háu dāk go lūng
剝皮	mōkpèih

5   情景說話練習

1. Seigo tùhnghohk yātjóu, fānsìhng jingfōng tùhng fáanfōng bihnleuhn "máaihláu tùhng jōuláu ge leihbaih".   四個同學一組，分成正方同反方辯論"買樓同租樓嘅利弊"。

2. Gwok sīnsāang tùhng Gwok taaitáai séung būn'ūk. Kéuihdeih heui yātgāan deihcháan gūngsī tùhng gīnggéi Jāu síujé kīng jōuláu ge sih. Gwok sāang tùhng Gwok táai mahndou gokkéui láu ge jōugām tùhng gēuijyuh wàahngíng, Jāu síujé jauh yātyāt gáaidaap kéuihdeih ge mahntàih. Chéng sāamwái tùhnghohk fānbiht baahnnyín nī sāamgo goksīk, jeunhàhng deuiwah.   郭先生同郭太太想搬屋。佢哋去一間地產公司同經紀周小姐傾租樓嘅事。郭生同郭太問到各區樓嘅租金同居住環境，周小姐就一一解答佢哋嘅問題。請三位同學分別扮演呢三個角色，進行對話。

3. Lòuh sīnsāang tùhng taaitáai dásyun jēung kéuihdeih chàhng láu jōu béi yàhn, jauh chéngjó léuhnggo sīfú làih jōngsāu. Kéuihdeih daai sīfú heui chàhng láudouh, góngbéi kéuihdeih tēng yiu dímyéung jōngsāu. Gó léuhng go sīfú yihk béidī yigin. Chéng seiwái tùhnghohk gāngeui yíh-seuhng chìhnggíng jeunhàhng deuiwah.   盧先生同太太打算將佢哋層樓租俾人，就請咗兩個師傅嚟裝修。佢哋帶師傅去層樓度，講俾佢哋聽要點樣裝修。嗰兩個師傅亦俾啲意見。請四位同學根據以上情景進行對話。

4. Gwok sīnsāang léuhng fūfúh chéngjó jōngsāu gūngsī jōngsāu sān'ūk. Léuhng go jōngsāu sīfú tōjó hóunoih dōu meih gáaudihm, yìhché gūngfū jouhdāk màhmádéi. Gwok sīnsāang hóu m̀gōuhing, heui tùhng kéuihdeih gāausip, dímjī jeuihauh gáaudou gēifùh ngaaigāau. Chéng néih baahnyín Gwok sīnsāang, heung jōngsāu gūngsī tàuhsou nī léuhnggo sīfú. Néih yiu góng chīngchó sèhng gihn sih ge gīnggwo, sīfú bīndouh jouhdāk m̀hóu, tùhngmàaih néih hēimohng gūngsī dímyéung chyúhléih nīgihn sih.　郭先生兩夫婦請咗裝修公司裝修新屋。兩個裝修師傅拖咗好耐都未搞掂，而且工夫做得麻麻哋。郭先生好唔高興，去同佢哋交涉，點知最後搞到幾乎嗌交。請你扮演郭先生，向裝修公司投訴呢兩個師傅。你要講清楚成件事嘅經過，師傅邊度做得唔好，同埋你希望公司點樣處理呢件事。

5. Chéng sāamwái tùhnghohk gāngeui yíhhah chìhnggíng jeunhàhng deuiwah: Gwok sīnsāang léuhng fūfúh yātchàih heui máaih gāsī. Gāsīpóu ge sauhfoyùhn jīufū kéuihdeih, tùhng-màaih gaaisiuh gokjúng gāsī tùhng dāng béi kéuihdeih.　請三位同學根據以下情景進行對話：郭先生兩夫婦一齊去買傢俬。傢俬舖嘅售貨員招呼佢哋，同埋介紹各種傢俬同燈俾佢哋。

6. Chéng gāngeui jihgéi ge chānsān gīnglihk góngháh Hēunggóng chyùhn m̀chyùhnjoih pàhnfu yùhnsyùh ge mahntàih, joi béigaauháh Hēunggóng tùhng daaihluhk ge pàhnfu yùhnsyùh ge johngfong.　請根據自己嘅親身經歷講吓香港存唔存在貧富懸殊嘅問題，再比較吓香港同中國大陸嘅貧富懸殊嘅狀況。

體驗香港美食

1 課文

羅馬拼音	廣東話
Yèuhng Híu làihjó Hēunggóng jouhyéh yíhgīng géi nìhn laak. Yùhgwó néih mahn kéuih hái Hēunggóng deui mātyéh ge yanjeuhng jeui sām, kéuih yātdihng wúih daap, "Haih 'sihk' ". Dímgáai nē?	楊曉嚟咗香港做野已經幾年嘞。如果你問佢喺香港對乜野嘅印象最深，佢一定會答"係'食'"。點解呢？
Hái Hēunggóng, néih hàahngchēutgāai táiháh, seiwàih dōu hóyíh gindóu sihkyéh ge deihfōng. Daaih síu sihksi tūnggāai dōu haih. Saigaai gokgwok ge méihsihk dōu hóyíh hái nīdouh wándóu, jānhaih bāau lòh maahn yáuh.	喺香港，你行出街睇吓，四圍都可以見倒食野嘅地方。大小食肆通街都係，世界各國嘅美食都可以喺呢度搵倒，真係包羅萬有。
Yèuhng Híu hái gāhēung gójahnsìh, chùhnglòih dōu meih sihkgwo fuhngjáau, aapjéung, sèhgāng dī gám ge yéh. Héisīn, kéuih dōu m̀haih géi gám si, gokdāk nīdī yéh hóu wahtdaht, daahnhaih gindóu dī Hēunggóngyàhn gogo dōu syúhndou jēunjēun yáuhmeih, sāmnám máih jāpsyū, mēimàaih ngáahn fong yātgauh yahpháu, gwóyìhn hóu meihdouh, sāumēi juhng yuht sihk yuht gokdāk hóusihk tīm.	楊曉喺家鄉嗰陣時，從來都未食過鳳爪、鴨掌、蛇羹啲嘅嘅野。起先，佢都唔係幾敢試，覺得呢啲野好核突，但係見倒啲香港人個個都吮到津津有味，心諗咪執輸，瞇埋眼放一嚿入口，果然好味道，收尾仲越食越覺得好食添。
Yìhgā kéuih māt dōu sihk: Yáuhsìh, jīujóu gān pàhngyáuh heui yám jóu chàh, sihk yàuhjagwái sung jūk; yáuhsìh heui Yàuhmàhdéi sihk Chìuhjāu dálāang; Tīnláahng ge sìhhauh, yauh tùhng pàhngyáuh heui sihk fówō waahkjé dábīnlòuh; Yáuhsìh gáangáandāandāan sihk go faahnháp dōu géi jīmeih.	而家佢乜都食：有時，朝早跟朋友去飲早茶，食油炸鬼送粥；有時去油麻地食潮州打冷；天冷嘅時候，又同朋友去食火鍋或者打邊爐；有時簡簡單單食個飯盒都幾滋味。

羅馬拼音	廣東話
Bātgwo, Yèuhng Híu jeui jūngyi ge juhnghaih chàhchāantēng, yānwaih bōngchan chàhchāantēng ge dōsou haih fuhgahn ge gāaifōng tùhng suhkhaak, heifān chèuihyi; yìhché haih deihdouh ge Hēunggóng háumeih, syúnjaahk yauh dō, fūnggihm yàuh yàhn, yauh hóyíh jihyàuh puidaap, jihyàuh gāgáam. Kéuih yìhgā sīk yuhng Gwóngdūngwá lohk ōdá, juhng sīk tùhng fógei góng yiu "síu yàuh", "jáu tìhm", "hong dái" dángdáng, jihkchìhng sèhng go Hēunggóngyàhn gám.	不過，楊曉最鍾意嘅仲係茶餐廳，因為幫襯茶餐廳嘅多數係附近嘅街坊同熟客，氣氛隨意；而且係地道嘅香港口味，選擇又多，豐儉由人，又可以自由配搭，自由加減。佢而家識用廣東話落柯打，仲識同夥計講要"少油"、"走甜"、"烘底"等等，直情成個香港人噉。
Yèuhng Híu yáuh go Hēunggóng pàhngyáuh Lóuh Chán, hóu gónggau yámsihk ge, kéuihge taaitáai yauh haih go pāangyahm jyūngā. Yáuh yāt máahn, kéuihdeih léuhng fūfúh chéng Yèuhng Híu heui kéuihdeih ge ūkkéi sihkfaahn.	楊曉有個香港朋友老陳，好講究飲食嘅，佢嘅太太又係個烹飪專家。有一晚，佢哋兩夫婦請楊曉去佢哋嘅屋企食飯。
Chàhn táai:	陳太：
Héifaai! Héifaai!	起筷！起筷！
Yèuhng Híu:	楊曉：
Chàhn sāang, Chàhn táai, dōjeh néihdeih! Nīchi haih ngóh daihyātchi hái Hēunggóngyàhn ūkkéi sihkfaahn. Tēng Chàhn sāang wah, néih jyúsung lēkgwosaai jáulàuh dī daaihchyú. Gāmyaht jānhaih yáuh háufūk, ngóh jyūndāng sèhngyaht móuh sihkfaahn, làih sijāndī Chàhn táai néih ge sáusai.	陳生、陳太，多謝你哋！呢次係我第一次喺香港人屋企食飯。聽陳生話，你煮餸叻過晒酒樓嘅大廚。今日真係有口福，我專登成日冇食飯，嚟試真啲陳太你嘅手勢。
Chàhn táai siudou gin ngàh m̀gin ngáahn gám wah:	陳太笑到見牙唔見眼嘅話：
Síu-Yéung néih máih tēng kéuih āp, ngóh hóu kàuhkèih ge ja. M̀hóu haakhei, gāsèuhng bihnfaahn, chèuihbín gaapsung lā. A-Chán, heui chyùhfóng ló jek tōnghok, bāt wún tōng béi yàhn, joi seuhnbín ló āang yìhm chēutlàih ā.	小楊你咪聽佢噏，我好求其嘅咋。唔好客氣，家常便飯，隨便夾餸啦。阿陳，去廚房攞隻湯殼，擇碗湯俾人，再順便攞罌鹽出嚟吖。

羅馬拼音	廣東話
Lóuh Chán bātjó géi wún tōng chēutlàih, deui Yèuhng Híu wah:	老陳擇咗幾碗湯出嚟，對楊曉話：
Nīdī tōng bōujó géigo jūngtàuh, hóu gau fólouh, hóu yeuhn ga. Hái ngoihbihn sihkmàaih gam dō yihthei yéh, m̀yám dī tōngséui m̀dāk ga.	呢啲湯煲咗幾個鐘頭，好夠火路，好潤㗎。喺外便食埋咁多熱氣野，唔飲啲湯水唔得㗎。
Yèuhng Híu:	楊曉：
M̀! Chàhn táai jyú ge sung jānhaih sīkhēungmeih kēuichyùhn, hó m̀hóyíh heung néih chénggaauháh jyúsung ge geihháau a?	唔！陳太煮嘅餸真係色香味俱全，可唔可以向你請教吓煮餸嘅技巧呀？
Chàhn táai:	陳太：
Daihyāt yātdihng yiu heui gāaisíh máaih sānsīn ge chòihlíu, juhngyiu sīkdāk puidaap, dōu yiu jīdou bīnjúng sung yiu gā bīnjúng puilíu tùhng tìuhmeihbán. Ngóhdeih jyú choi chèuihjó yuhng sihyàuh, tòhng, chou, wùhjīufán nīdī chyùhntúng ge tìuhmeihbán, juhng wúih yuhng sāléutjeung a, galēi a, chēng gaailaaht a, yùhlouh a gám ge. Lihngngoih nē, juhng yiu jīdou géisìh yiu máahngfó, géisìh yiu maahnfó, cháausung taai máahngfó jauh wúih nūng, taai maahnfó yau m̀gau wohkhei.	第一一定要去街市買新鮮嘅材料，仲要識得配搭，都要知道邊種餸要加邊種配料同調味品。我哋煮菜除咗用豉油、糖、醋、胡椒粉呢啲傳統嘅調味品，仲會用沙律醬呀、咖喱呀、青芥辣呀、魚露呀噉嘅。另外呢，仲要知道幾時要猛火，幾時要慢火，炒餸太猛火就會燶，太慢火又唔夠鑊氣。
Yèuhng Híu:	楊曉：
Jyú sung jānhaih m̀gáandāan. Ngóh jihsai dōu m̀sái dím jyúfaahn. Yìhgā jouhyéh, yùhgwó m̀chēutdākgāai sihk, jauh hái ūkkéi luhk gūngjáimihn, sóyíh dou yìhgā dōu m̀haih géi sīk jíngsung. Ngóh āamāam hohksīk jīngyú tùhng cháauchoi jē. Daahnhaih jīngyú ngóh juhngmeih lóāam fóhauh, m̀haih jīnggwolùhng jauhhaih m̀suhk.	煮餸真係唔簡單。我自細都唔使點煮飯。而家做野，如果唔出得街食，就喺屋企淥公仔麵，所以到而家都唔係幾識整餸。我啱啱學識蒸魚同炒菜啫。但係蒸魚我仲未攞啱火候，唔係蒸過龍就係唔熟。

羅馬拼音	廣東話
Chàhn táai:	陳太：
Kèihsaht suhk nàhng sānghǎau jē. Hóuchíh ngóh gám, hàahnhàandéi jyújó yahgéinìhn faahn, m̀sīk dōu jyúdou sīk lā.	其實熟能生巧啫。好似我噉，閒閒哋煮咗廿幾年飯，唔識都煮到識啦。
Yèuhng Híu gómáahn sihkdāk hóu hōisām. Kéuih gokdāk Lóuh Chán jānhaih hahngfūk la. Lihngngoih yātchi, yáuh daihyihgo pàhngyáuh Wòhng sīnsāang chéng kéuih sihkfaahn. Nīchi sihk ge yéh yùhnchyùhn m̀tùhng, bātgwo dōu géi dahkbiht.	楊曉嗰晚食得好開心。佢覺得老陳真係幸福嘑！ 另外一次，有第二個朋友王先生請佢食飯。呢次食嘅嘢完全唔同，不過都幾特別。
Wòhng sīnsāang:	王先生：
Yèuhng Híu, m̀hóu yisi, m̀jī néih gwaan m̀gwaan, ngóhdeih gāmmáahn sihk ge dōsou haih jāai, daahnhaih dōu haih yìhngyéuhng hóu, dāi dáamgusèuhn ge gihnhōng sihkbán. Ngóh taaitáai jeui pa fèih. Kéuih wah jáugā cháau ge choi taai yàuhneih, taai dō meihjīng, deui sāntái m̀hóu, sóyíh ngóhdeih hóu síu chēutgāai sihkfaahn. Nīdī sung néih waahkjé wúih gokdāk táahmdī, yānwaih ngóhdeih jyúsung ge yùhnjāk haih síu yàuh, síu yìhm; bātgwo meihdouh dōu m̀cho gé, néih siháh lā.	楊曉，唔好意思，唔知你慣唔慣，我哋今晚食嘅多數係齋，但係都係營養好、低膽固醇嘅健康食品。我太太最怕肥。佢話酒家炒嘅菜太油膩，太多味精，對身體唔好，所以我哋好少出街食飯。呢啲餸你或者會覺得淡啲，因為我哋煮餸嘅原則係少油，少鹽；不過味道都唔錯嘅，你試吓啦。
Wòhng táai:	王太：
Yìhgā dī Hēunggóngyàhn sihk ge yéh dōsou dōu móuh māt yīk, yuhk dō, sōchoi síu, yàuh dō; yauh jūngyi sihk gōu dáamgusèuhn ge hóisīn, sóyíh hóu dō yàhn yáuh gōu hyut'aat tùhng sāmjohngbehng. Nē, A-Wóng búnlòih bātjī géi jūngyi sihk dī jīnja hēungháu yéh, yìhgā ngóh giu kéuih gaaijó la.	而家啲香港人食嘅嘢多數都有乜益，肉多，蔬菜少，油多；又鍾意食高膽固醇嘅海鮮，所以好多人有高血壓同心臟病。呢，阿王本來不知幾鍾意食啲煎炸香口嘢，而家我叫佢戒咗嘑。
Wòhng sīnsāang:	王先生：
Haih a. Kéuih juhng sèhngyaht yiu ngóh sihkm̀àaihsaai dī saahp fāansyú a, saahp sūkmáih a dī gám ge yéh tīm.	係呀。佢仲成日要我食埋晒啲炻番薯呀、炻粟米呀啲嘅嘅嘢添。

羅馬拼音	廣東話
Yèuhng Híu: Wa! Jānhaih gausaai gihnhōng. Ngóh juhng jīdou Hēunggóngyàhn hóu jūngyi sihk tìhmbán tùhng yám tòhngséui.	**楊曉：** 哇！真係夠晒健康。我仲知道香港人好鍾意食甜品同飲糖水。
Wòhng táai: Haih a. Yàuhkèih sih chāutīn gōnchou gójahnsí, hàuhgōn sihtchou, ngóhdeih jūngyi yám dī tòhngséui tùhng mahttòhng làih yeuhnfāanháh.	**王太：** 係呀。尤其是秋天乾燥嗰陣時，喉乾舌燥，我哋鍾意飲啲糖水同蜜糖嚟潤返吓。
Sihkgwo gó léuhngchāan jīhauh, Yèuhng Híu dōu yáuhdī sāmyūkyūk, séung hohkháh pāangyahm, daihyaht wah m̀dihng hóyíh chānjih hahchyùh jyúfāan léuhngméi, tùhng néuihpàhngyáuh chaang tóigeuk, gám jauh gausaai lohngmaahn la.	食過嗰兩餐之後，楊曉都有啲心郁郁，想學吓烹飪，第日話唔定可以親自下廚煮返兩味，同女朋友撐枱腳，嗽就夠晒浪漫嘑。

語法詞義註釋

☞　唔使點煮飯　意思是"不怎麼需要做飯"。

文化背景註釋

☞　少油、走甜、烘底　在香港的很多餐廳，尤其是快餐店和茶餐廳，顧客可要求加減或替換食物中的某些成份。為節省時間，香港粵語發展出了一套點餐用語。"多〈名詞〉"和"少〈名詞〉"指增加或減少某物的分量，"走〈名詞〉"指不要某種配料，如飲品可要求"多奶"、"少甜"（少點兒糖）、"走冰／走雪"（不要冰塊）等，飯菜可要求"少油"、"走色"（不要醬油）、"全走"（油、鹽、醬全不要）等。"轉〈名詞〉"的意思是替換某物，如套餐中的主食可要求"轉意粉"（換成意粉）、"轉幼麵"（換成細麵）等。"烘底"是指把三文治的表面烘得微焦。

☞　飲湯　廣東、香港一帶喜喝長時間熬製的湯，稱為"老火靚湯"，材料有肉、菜、乾貨、藥材等，被認為富於營養，可滋潤強身。

☞　起筷！　請客時主人招呼客人開始用飯的用語，相當於普通話中説"吃吧！吃吧！"。

☞　燉　亦作"炖"，粵菜中的燉是把食物置於容器內，再置於水中加熱，與某些地方菜中的燉（如"豬肉燉粉條"）不同。加水用文火煮至爛熟的烹飪法相當於粵語中的"炆"。

2　詞語

2.1　生詞

	廣東話		釋義
1	sihksi	食肆	餐廳、飯館、大排檔等吃飯的地方
2	tūnggāai	通街	滿街
3	bāau lòh maahn yáuh	包羅萬有	包羅萬象
4	héisīn	起先	一開始
5	wahtdaht	核突	噁心；非常難看
6	syúhn	吮	吮吸，嘬
7	mēimàaih ngáahn	瞇埋眼	閉上眼睛
8	sāumēi	收尾	後來
9	yàuhjagwái	油炸鬼	油條

	廣東話		釋義
10	sung	送	（用菜）下（飯、粥等）
11	Chìuhjāu dálāang	潮州打冷	大排檔風味的潮州菜
12	dábīnlòuh	打邊爐	吃火鍋
13	faahnháp	飯盒	盒飯；飯盒
14	bōngchan	幫襯	光顧
15	gāaifōng	街坊	鄰里
16	lohk ōdá	落柯打	下單
17	jyūndāng	專登	特意；故意；專程
18	āp / ngāp	噏	說
19	tōnghok	湯殼	湯勺
20	bāt	擇	盛，舀
21	āang / ngāang	甖	小罐，小瓶
22	gau fólouh	夠火路	夠火候
23	yihthei	熱氣	上火
24	gāaisíh	街市	菜市場
25	sihyàuh	豉油	醬油
26	máahngfó	猛火	大火
27	nūng	燶	糊，焦
28	gau wohkhei	夠鑊氣	形容用大火炒的菜很香、熱氣騰騰

		廣東話		釋義
29	gwolùhng	過龍		過頭
30	hàahnháandéi	閒閒哋		少説，至少
31	sāmyūkyūk	心郁郁		有點心動
32	chaang tóigeuk	撐枱腳		（戀人）一塊兒吃飯，享受二人世界

2.2　難讀字詞

1	jēunjēun yáuhmeih	津津有味
2	jūk	粥
3	héungsauh	享受
4	pāangyahm jyūngā	烹飪專家
5	yeuhn	潤
6	chyùhntúng	傳統
7	sāléut	沙律
8	suhk nàhng sāng háau	熟能生巧
9	hahngfūk	幸福
10	yìhngyéuhng	營養
11	jyujuhng	注重

3 附加詞彙

3.1 食品外觀及味道

鹹	hàahm	滑	waaht
酸	syūn	爽	sóng
苦	fú	彈牙	daahnngàh
甘	gām	酥脆	sōucheui
澀	gip	嫩	nyuhn
腥	sēng	卜卜脆	bōkbōkcheui
麻辣	màhlaaht	皮脆肉嫩	pèihcheui yuhknyuhn
鮮味	sīnmeih	煙韌	yīnngahn
油膩	yàuhneih	香口	hēungháu
腍	nàhm	傑	giht
韌	ngahn	色香味俱全	sīkhēungmeih kēuichyùhn

3.2 烹飪方法

切	chit	批皮	pāipèih
剁	deuk	□蛋	faakdáan
斬	jáam	腌	yip
剝	mōk	煎	jīn
搣皮	mītpèih	炒	cháau

煮	jyú	烚	saahp
炸	ja	蒸	jīng
煲	bōu	紅燒	hùhngsīu
炆	mān	白灼	baahkcheuk
燉	dahn	撈	lōu
焗	guhk	煙	yīn
扒	pàh	燻	fān
燴	wuih		

3.3 調味品及其使用

鹽	yìhm	海鮮醬	hóisīnjeung
糖	tòhng	辣椒醬	laahtjīujeung
豉油	sihyàuh	沙律醬	sāléutjeung
生抽	sāangchāu	茄汁	kéjāp
老抽	lóuhchāu	芥辣	gaailaaht
蠔油	hòuhyàuh	青芥辣	chēnggaailaaht
橄欖油	gaamláamyàuh	落	lohk
胡椒粉	wùhjīufán	審 / 撒	sám / sá
蜜糖	mahttòhng	點	dím
白醋	baahkchou	搽	chàh
浙醋	jitchou		

3.4 與食物及烹飪有關的俗語

	廣東話	釋義
紅衫魚	hùhngsāamyú	一種體為紅色的海魚；一百元港幣紙鈔的俗稱
大頭蝦	daaihtàuhhā	粗心大意的人
雞腸	gāichéung	英文字
鹹魚翻生	hàahmyú fāansāang	鹹魚翻身，比喻已不被看好的人東山再起，略帶貶義
齋 talk	jāai tōk	光説不做
藤條炆豬肉	tàhngtíu mān jyūyuhk	用雞毛撢子打屁股
烚吓烚吓	saahpháh saahpháh	傻裏傻氣
呷醋	haapchou	吃醋
掟煲	dengbōu	（和男／女朋友）吹了
箍煲	kūbōu	試圖與分手的情人重修舊好
孭鑊	mēwohk	負起責任
補鑊	bóuwohk	補救
大鑊	daaihwohk	問題很嚴重
九大簋	gáu daaihgwái	九個菜，也泛指菜很豐富

附加詞彙粵普對照表

廣東話	釋義
腍	軟爛
韌	老得難以嚼爛
彈牙	（麵）筋道；（肉丸等）富於彈性的口感
卜卜脆	嘎嘣脆
煙韌	有嚼勁
香口	（煎炸食品）吃在嘴裏很香
傑	濃稠
搣皮	剝皮
批皮	削皮
□蛋	打雞蛋
煲	用較多的水長時間煮
焗	利用蒸汽使密閉容器中的食物變熟
烚	用白水長時間煮
白灼	焯熟
撈	拌
落	放，下（調味品）
審 / 撒	撒
點	蘸
搽	塗

4　語音練習：粵普聲母相異字例（2）

4.1　k-f

快	faai	快速	faaichūk
塊	faai	一塊	yāt faai
筷	faai	筷子	faaijí
科	fō	科技	fōgeih
課	fo	功課	gūngfo
況	fong	況且	fongché
苦	fú	苦不堪言	fú bāt hām yìhn
枯	fū	枯燥	fūchou
款	fún	提款機	tàihfún'gēi
寬	fūn	寬恕	fūnsyu
闊	fut	闊佬	futlóu

4.2　k-h

客	haak	客氣	haakhei
考	háau	考試	háausíh
堪	hām	難堪	nàahnhām
肯	háng	唔肯	m̀háng
口	háu	口多多	háudōdō
可	hó	可惡	hówu
看	hon	向前看	heungchìhnhon
刊	hōn	週刊	jāuhōn

康	hōng	康樂	hōnglohk
渴	hot	頸渴	génghot
哭	hūk	一哭二餓三上吊	yāthūk yihngoh sāamséuhngdiu
孔	húng	七孔流血	chāthúng làuhhyut
空	hūng	四大皆空	seidaaihgāaihūng

4.3　k-l

檻	laahm	門檻	mùhnlaahm

4.4　w-m

文	màhn	文盲	màhnmàahng
聞	màhn	聞風喪膽	màhnfūng songdáam
吻	máhn	吻合	máhnhahp
問	mahn	問道於盲	mahndouh yūmàahng
襪	maht	襪褲	mahtfu
物	maht	物以罕為貴	maht yíh hón wàih gwai
晚	máahn	晚霞	máahnhàh
萬	maahn	萬里長城	maahnléih chèuhngsìhng
微	mèih	微乎其微	mèihfùh kèihmèih
尾	méih	豬尾	jyūméih
未	meih	未了緣	meihlíuhyùhn
味	meih	味道	meihdouh
望	mohng	望子成龍	mohngjí sìhnglùhng

網	móhng		網絡	móhnglohk
忘	mòhng		忘不了	mòhngbātlíuh
務	mouh		事務	sihmouh
舞	móuh		舞蹈家	móuhdouhgā
武	móuh		武則天	Móuh Jāktīn

4.5　w-ng

瓦	ngáh		瓦礫	ngáhlīk
危	ngàih		危機	ngàihgēi
五	ńgh		五十七	ńghsahpchāt
午	ńgh		下午	hahngh
蜈	ngh		蜈蚣	nghgūng
臥	ngoh		躺臥	tóng ngoh
我	ngóh		我哋	ngóhdeih
外	ngoih		門外漢	mùhnngoih hon
魏	ngaih		圍魏救趙	wàih Ngaih gau Jiuh
偽	ngaih		虛偽	hēuingaih

5　情景説話練習

1. Léuhnggo tùhnghohk yātjóu, gāngeui yíhhah chìhnggíng jeunhàhng deuiwah: Léih táai haih go pāangyahm jyūn'gā, kéuih yáuh go ngoihgwok pàhngyáuh hóu séung hohk jyú Jūnggwok choi, yáuh hóu dō jyúsung ge mahntàih chénggaau Léih táai. Léih táai juhk go mahntàih daapyùhn kéuih jīhauh, juhng gaau kéuih jyújó yāt go Jūnggwok choi. 兩個同學一組，根據以下情景進行對

話：李太係個烹飪專家，佢有個外國朋友好想學煮中國菜，有好多煮餸嘅問題請教李太。李太逐個問題答完佢之後，仲教佢煮咗一個中國菜。

2. Dīng sīnsāang haih go yìhngyéuhng hohkgā, kéuih yáuh léuhnggo yáuh gōuhyut'aat tùhng sāmjohngbehng ge behngyàhn. Nī léuhnggo behngyàhn pìhngsìh hóu jūngyi sihkyéh, yàuhkèih jūngyi sihk m̀gihnhōng ge sihkbán, sóyíh sāntái yuhtlàihyuht chā. Chéng néih baahnyín Dīng sīnsāang, góng yātfāan syutwah, hyun kéuihdeih góibinháh yámsihk jaahpgwaan. 丁先生係個營養學家，佢有兩個有高血壓同心臟病嘅病人。呢兩個病人平時好鍾意食嘢，尤其鍾意食唔健康嘅食品，所以身體越嚟越差。請你扮演丁先生，講一番說話，勸佢哋改變吓飲食習慣。

3. Sāamwái tùhnghohk fānbiht baahnyín yíhhah chìhnggíng jūng ge sāamgo goksīk, jeunhàhng deuiwah: Chàhn sīnsāang chéng pàhngyáuh heui yātgāan jáulàuh sihkfaahn. Sihkyùhnfaahn giu fógei màaihdāan, kéuihdeih gú m̀dóu yiu gam dō chín, yānwaih kéuihdeih móuh sihk gam dō yéh, giu ge sung yihk dōu m̀haih géi gwai, yūsih jauh tùhng go fógei gaisou. Fógei jēutjī sìhng yihng jihgéi gaichosou, heung kéuihdeih douhhip. 三位同學分別扮演以下情景中嘅三個角色，進行對話：陳先生請朋友去一間酒樓食飯。食完飯叫夥記埋單，佢哋估唔倒要咁多錢，因為佢哋有食咁多嘢，叫嘅餸亦都唔係幾貴，於是就同個夥記計數。夥計卒之承認自己計錯數，向佢哋道歉。

4. Gāngeui yíhhah chìhnggíng, sāamwái tùhnghohk jeunhàhng deuiwah: Gwok sīnsāang tùhng pàhngyáuh heui yātgāan jáugā sihkfaahn. Dímjī sihksihkhá, táigin yáuh jek séi gaahtjáat hái dī sungdouh. Gwok sīnsāang giu go fógei làih tùhng kéuih góng, daahnhaih go fógei haih dōu m̀ yihng jihgéi yáuh cho. 根據以下情景，三位同學進行對話：郭先生同朋友去一間酒家食飯。點知食食吓，睇見有隻死甲由（蟑螂）喺啲餸度。郭先生叫個夥記嚟同佢講，但係個夥計係都唔認自己有錯。

5. Gāngeui daihsei tàih ge chìhnggíng, yùhgwó néih haih Gwok sīnsāang, chéng néih heung jáulàuh gīngléih tàuhsou sèhnggihn sih. 根據第四題嘅情景，如果你係郭先生，請你向酒樓經理投訴成件事。

6. Gāngeui daihsei tùhng daihngh tàih ge chìhnggíng, yùhgwó néih haih jáulàuh gīngléih, chéng néih heung Gwok sīnsāang wùihying kéuih ge tàuhsou. 根據第四同第五題嘅情景，如果你係酒樓經理，請你向郭先生回應佢嘅投訴。

1 課文

羅馬拼音	廣東話
Hóudō yàhn làihdou Hēunggóng, dōu gokdāk Hēunggóngyàhn jeuk sāam hóu leng; dahkbiht haih hái dī sēungyihp tùhng yàuhhaakkēui, dōsou yàhn dōu jāpdāk hóu jeng. Gánghaih lā, juhkyúh wah "Sīn ging lòhyī hauh ging yàhn" ā máh. Hái Hēunggóng, yùhgwó néih jeukdāk m̀hóu, yahpdou gōukāp ge jáulàuh waahkjé chāantēng, dī fógei deui néih ge jīufū jauh wúih móuh gam hóu. Gám, néih wah m̀jeukdāk jíngchàihdī dím dāk nē?	好多人嚟到香港，都覺得香港人着衫好靚；特別係喺啲商業同遊客區，多數人都執得好正。梗係啦，俗語話"先敬羅衣後敬人"吓嗎。喺香港，如果你着得唔好，入到高級嘅酒樓或者餐廳，啲夥記對你嘅招呼就會有咁好。嗽，你話唔着得整齊啲點得呢？
Bātgwo, m̀haih gogo Hēunggóngyàhn deui yījeuk dōu gam gónggau ge. Yáuhdī yàhn máaihchàn sāam dōu yiu máaih ngoihgwok mìhngpàaih fo, daahnhaih yáuhdī yàhn āamāam sēungfáan, kéuihdeih jūngyi heui gāaibīn jāp pèhngfo, waahkjé gwaiméih sīnji heui dī daaih gūngsī máaih yuhthahfo.	不過，唔係個個香港人對衣着都咁講究嘅。有啲人買親衫都要買外國名牌貨，但係有啲人啱啱相反，佢哋鍾意去街邊執平貨，或者季尾先至去啲大公司買月下貨。
Hēunggóng ge jaiyīchóng dōsou dōu yíhgīng būnheui daaihluhk, daahnhaih Hēunggóng ge sìhjōng chitgai jauh béi yíhchìhn jeunbouhjó hóudō, yáuhdī pàaihjí sahmji hái hóingoih dōu hóu chēutméng; yìh jouh fuhkjōng sāangyi ge Hēunggóngyàhn ganggā haih sóujībātjeun.	香港嘅製衣廠多數都已經搬去大陸，但係香港嘅時裝設計就比以前進步咗好多，有啲牌子甚至喺海外都好出名；而做服裝生意嘅香港人更加係數之不盡。

羅馬拼音	廣東話
Géinìhn chìhn, Léuih Ōn fāan Dūnggún hōi jaiyīchóng. Sēuiyìhn lèih Hēunggóng m̀haih géi yúhn, yauh sìhsìh léuhngtàuh jáu, daahnhaih jauh áanghaih wánm̀dóu sìhgaan tùhng bāan lóuhyáuhgei jeuihháh. Nī géiyaht kéuih chanjyuh dehngdāan m̀haih géigón, yeukjó géigo kīngdākm̀aih ge gauh tùhnghohk heui Bundóu Jáudim sihk aanjau.	幾年前，呂安返東莞開製衣廠。雖然離香港唔係幾遠，又時時兩頭走，但係就硬係搵唔倒時間同班老友記聚吓。呢幾日佢趁住訂單唔係幾趕，約咗幾個傾得埋嘅舊同學去半島酒店食晏晝。
Léuih Ōn heuidou Bundóu Jáudim, sihjái tùhng kéuih hōimùhn. Kéuih hàahngdouyahp chāantēng, yāt ngáahn jauh gindóu Wòhng Síu-mèih. Wòhng Síu-mèih tùhng yíhchìhn chāmdō, móuh māt bin yéung, juhnghaih gam poksou, dyún tàuhfaat móuh yíhm yihkdōu móuh dihn. Chóhhái kéuih pòhngbīn ge haih Jōng Ji-mìhng. Kéuih jeukjyuh tou sānfún ge sāam, jínjó go jeui sìhmōu ge faatyìhng, juhng daaijyuh go hāakchīu, béi yíhchìhn juhng yìhngjái.	呂安去到半島酒店，侍仔同佢開門。佢行到入餐廳，一眼就見倒黃小薇。黃小薇同以前差唔多，冇乜變樣，仲係咁樸素，短頭髮冇染亦都冇電。坐喺佢旁邊嘅係莊志明。佢着住套新款嘅衫，剪咗個最時髦嘅髮型，仲戴住個黑超，比以前仲型仔。
Jōng Ji-mìhng:	**莊志明：**
Wai, A-Ōn, hóu noih móuh gin, gahnlòih hóu ma?	喂，阿安，好耐冇見，近來好嗎？
Léuih Ōn:	**呂安：**
Géi hóu, néihdeih nē? Māt Máhlaih juhng meih dou gé? Gánghaih jījíng bunyaht sīnji chēut mùhnháu díng la. A-Jōng, ngóh gēifùh m̀yihngdāk néih tīm, māt yìhgā gam lengjái a? Paaktō meih a?	幾好，你哋呢？乜瑪麗仲未到嘅？梗係姿整半日先至出門口定嘩。阿莊，我幾乎唔認得你添，乜而家咁靚仔呀？拍拖未呀？
Jōng Ji-mìhng:	**莊志明：**
M̀hóu góngsiu la, nīgo fúnsīk yìhgā hīng jē! Néih dōu jíngfāan gihn jeukháh ā, máih sèhngyaht jeukm̀aihsaai dī gam lóuhtóu ge sāam jidāk gá.	唔好講笑噠，呢個款式而家興啫！你都整返件着吓吖，咪成日着埋晒啲咁老土嘅衫至得㗎。
Léuih Ōn:	**呂安：**
Ngóh yahtyaht hái chóng hōigūng, m̀sái ginhaak gósí jeuk sāam hóu chèuihbín ge, ngàuhjái sāamfu gáaudihm.	我日日喺廠開工，唔使見客嗰時着衫好隨便嘅，牛仔衫褲搞掂。

羅馬拼音	廣東話
Jōng Ji-mìhng:	莊志明：
Gám néih heui Méihgwok gūnggon gójahnsìh nē?	噉你去美國公幹嗰陣時呢？
Léuih Ōn:	呂安：
Dī ngoihgwokyàhn nē, jeukdāk léngleng, jíngjíngchàihchàih ge yáuh, jeukdou laahnsān laahnsai, wūjōu laahttaat ge dōu yáuh. Móuh yàhn wúih léih néih jeuk māt, jauhsyun kèhlèh gúgwaai dōu móuh sówaih, fēisèuhng jihyàuh. Haih laak, néihdeih léuhnggo móuh jyungūng ā ma?	啲外國人呢，着得靚靚，整整齊齊嘅有，着到爛身爛世，污糟辣撻嘅都有。冇人會理你着乜，就算騎呢古怪都冇所謂，非常自由。係嘞，你哋兩個冇轉工吖嘛？
Wòhng Síu-mèih:	黃小薇：
Ngóh juhnghaih gaaugán syū. A-Jōng yìhgā jouh sìhjōng chitgai, kéuih cháaujó lóuhsai yàuhyú, jéunbeih jihgéi jouh lóuhsai tīm a. Nīchāan m̀sái góng dōu haih kéuih chéng la.	我仲係教緊書。阿莊而家做時裝設計，佢炒咗老細魷魚，準備自己做老細添呀。呢餐唔使講都係佢請嘑。
Léuih Ōn:	呂安：
Wā! Síu-mèih, néih gám wāt kéuih àh? Bātyùh juhnghaih hóuchíh yìhchìhn gám AA lā.	嘩！小薇，你噉屈佢嘅？不如仲係好似以前噉 AA 啦。
Jōng Ji-mìhng paakháh Léuih Ōn boktàuh wah:	莊志明拍吓呂安膊頭話：
Móuh sówaih, yātyū gám wah lā! Léuih Ōn, gāmyaht ngóh chéng, daihyaht heuidou Dūnggún jauh néih chéng. Haih la, ngóh gaiwaahkgán hōi gāan sìhjōngdim, jyún maaih pèihchóu tùhng pèihlāu, juhng wúih maaih dī néuihyán ge sīkmaht. Hósīk néih gónjyuh fāan daaihluhk, yùhgwó m̀haih, hōimohk góyaht, chéng néih làih chāamgūnháh, púngháhchèuhng ā ma.	冇所謂，一於噉話啦！呂安，今日我請，第日去到東莞就你請。係嘑，我計劃緊開間時裝店，專賣皮草同皮褸，仲會賣啲女人嘅飾物。可惜你趕住返大陸，如果唔係，開幕嗰日，請你嚟參觀吓，捧吓場吖嘛。
Wòhng Síu-mèih:	黃小薇：
Ei, néihdeih táiháh, Máhlaih làihgán la.	噢，你哋睇吓，瑪麗嚟緊嘑。

羅馬拼音	廣東話
Léuih Ōn gānjyuh mohnggwoheui, gindóu go dábaandāk hóu gōugwai ge néuihyán hàahnggán màaihlàih. Kéuihge sāam, kwàhn, génggān ge fúnsīk tùhng ngàahnsīk dōu puidaapdāk hóu leng. Sáudói tùhng pèihhàaih yihkdōu hóu chan, tàuhfaat dōu sōdāk hóu leng. Bātgwo Léuih Ōn gokdāk kéuih fa ge jōng jauh nùhngjó dī, mihn seuhngbihn ge fán taai háuh.	呂安跟住望過去，見倒個打扮得好高貴嘅女人行緊埋嚟。佢嘅衫、裙、頸巾嘅款式同顏色都配搭得好靚。手袋同皮鞋亦都好襯，頭髮都梳得好靚。不過呂安覺得佢化嘅妝就濃咗啲，面上便嘅粉太厚。
Léuih Ōn:	呂安：
Máhlaih, hóu noih móuh gin! Māt gam leng a!	瑪麗，好耐冇見！乜咁靚呀！
Máhlaih:	瑪麗：
Géihóu ma, Léuih Ōn? "Yàhn kaau yī jōng" ā máh! Néuihyán m̀dábaahnháh dím dāk ga.	幾好嗎，呂安？"人靠衣裝"吖嘛！女人唔打扮吓點得㗎。
Jōng Ji-mìhng:	莊志明：
Wa! Néih gótou haih mìhngpàaih yéh làih ge bo!	嘩！你嗰套係名牌嘢嚟嘅嘞！
Wòhng Síu-mèih:	黃小薇：
Gánghaih lā! Máhlaih jeukchān dōu haih ngoihgwok mìhngpàaihfo, hàahngchēutlàih dōu m̀jīgéi wāi.	梗係啦！瑪麗着親都係外國名牌貨，行出嚟都唔知幾威。
Máhlaih:	瑪麗：
M̀haih gám góng, bātgwo ngóh gokdāk búndeihfo ge jātsou, chíjūng móuh yàhndeih gam hóu. Yāt fān chìhn, yāt fān fo, ngoihgwokfo haih maht yáuh sójihk gé. Juhngyáuh, jeuk dī pèhngyéh hóu yùhngyih tùhng yàhn johngsāam ga.	唔係噉講，不過我覺得本地貨嘅質素，始終冇人哋咁好。一分錢，一分貨，外國貨係物有所值嘅。仲有，着啲平嘢好容易同人撞衫㗎。
Léuih Ōn:	呂安：
Kèihsaht hóudō ngoihgwok mìhngpáai yauh maih Jūnggwok jaijouh? Dūnggún daaihbá nīdī tùhng chēutbihn gāgūng fuhkjōng ge chóng.	其實好多外國名牌又咪中國製造？東莞大把呢啲同出便加工服裝嘅廠。

羅馬拼音	廣東話
Jōng Ji-mìhng: Hah go láihbaai yáuh go sìhjōng bíuyín, néihdeih séung m̀séung heui táiháh a? Nīchi ge jyútàih haih yahtsèuhng bihnfuhk tùhng máahnjōng. Chāamgā bíuyín ge, dōuhaih saigaai gokgwok ge chīukāp mìhngmòuh. Néihdeih yáuh hingcheui ge wah, ngóh béi fēi néihdeih heui tái lā.	莊志明： 下個禮拜有個時裝表演，你哋想唔想去睇吓呀？呢次嘅主題係日常便服同晚裝。參加表演嘅，都係世界各國嘅超級名模。你哋有興趣嘅話，我俾飛你哋去睇啦。
Máhlaih: Hóu, dōjeh! Gónghōi yauh góng la, m̀jī chēutnín hīng dī mātyéh fún nē? Ngóh dōu haih sìhhauh yahpfāan dī fo laak.	瑪麗： 好，多謝！講開又講㗎，唔知出年興啲乜野款呢？我都係時候入返啲貨嘞。
Jōng Ji-mìhng: Wàaihgauh gāmnìhn jauh hīnggwo laak, chēutnín wúih làuhhàhng chìhnwaih singgám. Néih gódī péi a, paaumàhn a, hóyíh chaaufāan chēutlàih laak.	莊志明： 懷舊今年就興過嘞，出年會流行前衛性感。你嗰啲皮呀、豹紋呀，可以□返出嚟嘞。
Máhlaih: Ngóh m̀jeuk gauhsāam ga, béi dī jímúi táidóu hóu móuh fēisí jē. Joigóng jeukdou chàahnsaai dōu m̀gindākyàhn lā.	瑪麗： 我唔着舊衫㗎，俾啲姊妹睇倒好冇飛士啫。再講着到殘晒都唔見得人啦。
Wòhng Síu-mèih: M̀jeuk ge gauhsāam, hóyíh gyūn béi Gausaigwān bo...	黃小薇： 唔着嘅舊衫，可以捐俾救世軍嚕……
Léuih Ōn: Wai, ngóhdeih gāmyaht làih m̀haih yìhngau sìhjōng, haih làih sihkfaahn ga. Ngóhdeih giu yéh sihk sīn, yātbihn sihk yātbihn kīng lā.	呂安： 喂，我哋今日嚟唔係研究時裝，係嚟食飯㗎。我哋叫野食先，一便食一便傾啦。
Yūsih, kéuihdeih jauh giu sihjái gwolàih giu yéh sihk laak.	於是，佢哋就叫侍仔過嚟叫野食嘞。

語法語義註釋

☞　我幾乎唔認得你添！　我都幾乎不認得你了呢！"添"是句末語氣助詞，有強調
的語氣。如："我以為你出咗街添。"（"我還以為你上街了呢。"）"哎呀，八達
通冇晒錢添！"（"哎呀，八達通裏沒錢了！"）

☞　一於噉話　就這麼説定了。"一於"有"不管那麼多，堅決這麼辦"的意思，普通
話中並無唯一的對應詞，如："唔理邊個打電話嚟，我一於唔聽。"意思是"不管
誰打電話來，我打定主意不聽"，"一於係噉做啦"意思是"就這麼辦吧"，"今晚
一於玩返夠本"意思是"今晚一定要玩個夠。"

☞　唔係噉講　話不能這麼説。

☞　俾啲姊妹睇倒好冇飛士啫　讓姐妹們看見很沒面子喲。"啫"是句末語氣助詞，它
的含義包括：（一）表示"僅此而已"；（二）使語氣比較陰柔，比較嗲，可以表達
説話人的多種情緒，多為女性喜用。有時發 jēk 音，如："你好衰嘅啫！"（你好
壞哦！）本文中為第二義。

文化背景註釋

☞　救世軍 (Gausaigwān)　國際性基督教組織，以軍隊形式為架構及行政方針，在香
港設有軍區。現為慈善組織。

2 詞語

2.1 生詞

	廣東話		釋義
1	jāpdāk jeng	執得正	穿戴得整齊好看
2	jāp pèhngfo	執平貨	撿便宜貨
3	gwaiméih	季尾	季末
4	yuhthahfo	月下貨	因款式過時而減價出售的貨品
5	áanghaih / ngáanghaih	硬係	總是，硬是
6	lóuhyáuhgei	老友記	老朋友，好夥伴
7	kīngdākmàaih	傾得埋	談得來
8	sihjái	侍仔	服務員，服務生
9	yìhngjái	型仔	帥，瀟灑
10	jījíng	姿整	過於悉心地打扮
11	paaktō	拍拖	談戀愛
12	jíng	整	弄
13	lóuhtóu	老土	土，土氣
14	laahnsān laahnsai	爛身爛世	（衣着）破破爛爛
15	wūjōu laahttaat	污糟辣撻	髒兮兮
16	kèhlèh	騎呢	怪裏怪氣

	廣東話		釋義
17	jyungūng	轉工	跳槽
18	cháau lóuhsai yàuhyú	炒老細魷魚	辭職不幹
19	wāt	屈	硬逼；冤枉
20	boktàuh	膊頭	肩膀
21	gónjyuh	趕住	趕着，急着
22	pèihlāu / péilāu	皮褸	皮外套
23	sō	梳	梳；梳子
24	wāi	威	精神，神氣；威風
25	jātsou	質素	質量；素質
26	johngsāam	撞衫	恰巧和別人穿同樣的衣服
27	daaihbá	大把	很多
28	yahpfo	入貨	進貨
29	chaau	□	找，搜，翻
30	chàahn	殘	(衣服)舊了，不再光鮮了

2.2　難讀字詞

1	gōukāp	高級
2	chitgai	設計
3	Dūnggún	東莞
4	poksou	樸素

5	faatyìhng	髮型
6	hōimohk	開幕
7	chíjūng	始終
8	maht yáuh sójihk	物有所值
9	wàaihgauh	懷舊
10	yìhngau	研究

3　附加詞彙

3.1　圖案與花樣

公仔	gūngjái	大花	daaihfā
波點	bōdím	迷彩	màihchói
間條	gaantíu	格仔	gaakjái
橫間條	wàahng gaantíu	豹紋	paaumàhn
直間條	jihk gaantíu	淨色	jihngsīk
碎花	seuifā		

3.2　衣料及相關詞彙

純棉	sèuhnmìhn	真絲	jānsī
真皮	jānpéi	純羊毛	sèuhn yèuhngmòuh

絲絨	sīyúng	熨衫	tongsāam
咖士咩	gāsihmē	甩色	lātsīk
尼龍	nèihlùhng / nàihlùhng	襟	kām
喱士	lēisí	巢	chàauh
有彈力	yáuh daahnlihk	起毛粒	héi mòuhnāp
易洗快乾	yihsái faaigōn	縮水	sūkséui
唔易打理	m̀yih dáléih		

3.3　配飾

襪褲	mahtfu	頭鏈	génglín
腰帶	yīudáai	髮夾	faatgáap / faatgép / faatgíp
心口針	sāmháujām	橡筋	jeuhnggān
耳環	yíhwáan	頭箍	tàuhkū
戒指	gaaijí	太陽眼鏡	taaiyèuhng ngáahngéng
手鈪	sáungáak	黑超	hāakchīu
手鏈	sáulín		

3.4　髮型及頭髮護理

直髮	jihkfaat	紮馬尾	jaat máhméih
鬈髮	lyūnfaat	梳髻	sōgai
陸軍裝	luhkgwānjōng	梳辮	sōbīn
光頭	gwōngtàuh	蔭	yām

的水	dīkséui	電髮	dihnfaat
吹頭髮	chēui tàuhfaat	焗油	guhkyàuh
gel 頭	gel tàuh	恤髮	sēutfaat
偷薄	tāubohk	髮型屋	faatyìhng'ūk / faatyìhngngūk
染髮	yíhmfaat	飛髮舖	fēifaatpóu

3.5　訂製服裝

試衫	sisāam	大碼	daaihmáh
車衫	chēsāam	加大碼	gādaaihmáh
裁縫	chòihfúng	闊	fut
度身訂做	dohksān dehngjouh	窄	jaak
碼數	máhsou	緊	gán
細碼	saimáh	啱身	āamsān / ngāamsān
中碼	jūngmáh	好 fit	hóu fīt

附加詞彙粵普對照表

廣東話	釋義
公仔	人物圖案；毛絨玩具，玩具娃娃；人形模特
咖士咩	開司米
喱士	蕾絲
打理	保養（衣物、頭髮、物品）；維持（髮型）；照管（生意）
甩色	掉色
襟	耐穿；耐用
巢	皺
襪褲	褲襪
心口針	胸針
手鈪	手鐲
黑超	墨鏡的俗稱
陸軍裝	板寸，寸頭
蔭	劉海
的水	鬢角
gel 頭	用啫喱固定髮型
偷薄	把頭髮剪薄
電髮	燙髮
恤髮	稍加修剪或修飾
飛髮鋪	理髮店
車衫	用縫紉機做衣服
啱身	合身
fit	合身

4 語音練習：粵普聲母相異字例（3）

4.1 g-k

丐	koi
鈣	koi
概	koi

乞丐	hātkoi
鈣質	koijāt
大概	daaihkoi

4.2 g-w

鍋	wō

火鍋	fówō

4.3 h-w

話	wá
話	wah
或	waahk
還	wàahn
環	wàahn
橫	wàahng
懷	wàaih
壞	waaih
魂	wàhn
宏	wàhng
惠	waih
慧	wai

普通話	Póutūngwá
説話	syutwah
或者	waahkjé
還錢	wàahnchín
環境	wàahngíng
飛來橫禍	fēilòihwàahngwoh
懷孕	wàaihyahn
壞人	waaihyàhn
靈魂	lìhngwàhn
宏觀調控	wàhnggūn tiuhhung
恩惠	yānwaih
智慧	jiwai

慧	waih
和	wòh
禍	woh
黃	wòhng
皇	wòhng
戶	wuh
胡	wùh
胡	wú
糊	wùh
湖	wùh
回	wùih
會	wuih
活	wuht

聰慧	chūngwaih
和尚	wòhséung
禍不單行	wohbātdāanhàhng
黃葉	wòhngyihp
皇家飯	wòhnggāfaahn
戶口	wuhháu
胡同	wùhtùhng
二胡	yihwú
一塌糊塗	yāttaapwùhtòuh
五湖四海	ńghwùhseihói
回應	wùihying
大會堂	daaihwuihtòhng
生活	sāngwuht

4.4　h-f

花	fā
化	fa
輝	fāi
婚	fān
昏	fān
忽	fāt
火	fó
伙	fó
顆	fó
貨	fo

花花公子	fāfā gūngjí
食古不化	sihkgú bātfa
輝煌	fāiwòhng
盲婚啞嫁	màahngfān ága
昏花	fānfā
忽左忽右	fātjó fātyauh
火雞	fógāi
伙記	fógei
一顆心	yāt fó sām
貨真價實	fojān gasaht

慌	fōng	慌失失	fōngsātsāt
謊	fōng	謊言	fōngyìhn
呼	fū	嗚呼哀哉	wūfū ōijōi
乎	fùh	之乎者也	jīfùhjéyáh
虎	fú	虎頭蛇尾	fútàuh sèhméih
灰	fūi	灰頭灰腦	fūitàuh fūinóuh
恢	fūi	恢復	fūifuhk
悔	fui	悔不當初	fuibātdōngchō

5　情景説話練習

1. Wòhng síujé tùhng Hòh síujé yahpheui yātgāan sìhjōngdim máaihsāam. Sìhjōngdim ge sauh-foyùhn gaaisiuh gokjúng ge sìhjōng béi kéuihdeih. Wòhng síujé tùhng Hòh síujé gáandóu jihgéi jūngyi ge sāam jīhauh, jauh tùhng sauhfoyùhn góngga. Chéng tùhnghohk jóusìhng sāam yàhn síujóu bíuyín gáan sāam tùhng góngga ge chìhngyìhng.　黃小姐同何小姐入去一間時裝店買衫。時裝店嘅售貨員介紹各種嘅時裝俾佢哋。黃小姐同何小姐揀倒自己鍾意嘅衫之後，就同售貨員講價。請同學組成三人小組表演揀衫同講價嘅情形。

2. Yāt go daaihluhk yàuhhaak hái Hēunggóng yātgāan baakfo gūngsī máaihjó yātgihn gáamga lāangsāam, fāandou ūkkéi sigwo, sīnji jīdou saidākjaih. Kéuih lófāanheui wuhn, sauhfoyùhn m̀háng wuhn béi kéuih. Go yàuhhaak hóu nāu, yānwaih jēung sāutìuh sémìhng chātyaht noih m̀ múhnyi hóyíh wuhn ge. Chéng tùhnghohk jóusìhng yih yàhn síujóu baahnyín yàuhhaak tùhng baakfo gūngsī gīngléih ge goksīk jeunhàhng lihnjaahp: (1) yàuhhaak deui gīngléih tàuhsou nī gihn sih; (2) gīngléih tùhng yàuhhaak góngfāan gūngsī ge jingchaak tùhngmàaih dihng nī go jingchaak ge yùhnyān.　一個大陸遊客喺香港一間百貨公司買咗一件減價冷衫，返到屋企試過，先至知道細得滯。佢攞返去換，售貨員唔肯換俾佢。個遊客好嬲，因為張收條寫明七日內唔滿意可以換嘅。請同學組成二人小組扮演遊客同百貨公司經理嘅角色進行練習：（一）遊客對經理投訴呢件事；（二）經理同遊客講返公司嘅政策同埋定呢個政策嘅原因。

3. Gāngeui néih sáujaahp ge jīlíu, gaaisiuh gāmnìhn nàahmnéuih sìhjōng ge chìuhlàuh.　根據你搜集嘅資料，介紹今年男女時裝嘅潮流。

4. Chéng sāamwái tùhnghohk gāngeui yíhhah chìhnggíng jeunhàhng deuiwah: yáuh yātgāan Jūngyīngmàhn hohkhaauh, sāu Hēunggóng hohksāang tùhng ngoihgwok hohksāang. Haauhjéung, hohksāang doihbíu tùhng gājéung doihbíu hōiwúi kyutdihng nīgāan hohkhaauh ge hohksāang yīng m̀yīnggōi jeuk haauhfuhk.　請三位同學根據以下情景進行對話：有一間中英文學校，收香港學生同外國學生。校長、學生代表同家長代表開會決定呢間學校嘅學生應唔應該着校服。

1 課文

羅馬拼音	廣東話
Hēunggóng haih go gwokjai daaih sìhngsíh, yauhhaih yātgo juhngyiu ge góngháu, juhng haih A-jāu ge gāautūng syū'náu, hói luhk hūng gāautūng fēisèuhng faatdaaht. Wàihdōleih'a Góng ge séui hóu sām, hóu daaih ge syùhn dōu hóyíh sáiyahplàih tìhngpaak. Hēunggóng yihk yáuh fóchē heui Jūnggwok daaihluhk. Jihktūngchē hóyíh jihkdaaht Gwóngjāu, Seuhnghói tùhng Bākgīng. Chóh fēigēi juhng fōngbihn faaijit, yìhché yauh ōnchyùhn yauh syūsīk, múihyaht yáuh bātjīgéi dō bāanchi lòihwóhng Hēunggóng tùhng saigaai gokdeih. Júngjī, yìhgā heui ngoihgwok léuihhàhng waahkjé jouh sāangyi dōu fōngbihn dougihk.	香港係個國際大城市，又係一個重要嘅港口，仲係亞洲嘅交通樞紐，海陸空交通非常發達。維多利亞港嘅水好深，好大嘅船都可以駛入嚟停泊。香港亦有火車去中國大陸。直通車可以直達廣州、上海同北京。坐飛機仲方便快捷，而且又安全又舒適，每日有不知幾多班次來往香港同世界各地。總之，而家去外國旅行或者做生意都方便到極。
Hēunggóng búndeih ge gāautūng yauh dím nē? Yíhchìhn dī yàhn daaihdōsou haih kaau chóh bāsí fāan'gūng fāanhohk ge, gwohói jauh chóh gwohói syùhn. Gójahnsìh, dī yàhn dáng bāsí m̀paaihdéui. Bāsí yāt màaihjaahm, jauh jāngsīn húnghauh gám séuhngchē. Hái fàahnmòhng sìhgaan, múihga bāsí dōu bīkmúhn yàhn, yáuhsìh jānhaih bīkdou gēifùh lìhn hei dōu táum̀dóu.	香港本地嘅交通又點呢？以前啲人大多數係靠坐巴士返工返學嘅，過海就坐過海船。嗰陣時，啲人等巴士唔排隊。巴士一埋站，就爭先恐後噉上車。喺繁忙時間，每架巴士都逼滿人，有時真係逼到幾乎連氣都唞唔倒。

羅馬拼音	廣東話
Yìhgā jauh hóu hóudō la. Dī yàhn béigaau sáu dihtjeuih, hái bāsíjaahm pàaihdéui séuhngchē. Bāsíjaahm yáuhsìh yáuh yàhn wàihchìh dihtjeuih. Yìhché yìhgā tùhng yíhchìhn m̀tùhng, dōjó hóu dō syúnjaahk. Deihtit, fóchē, hīngtit, seuihdouh bāsí tùhng síubā ge gāautūng móhnglok seitūngbaatdaaht, fēisèuhng fōngbihn. Sóyíh hái Hēunggóng jyuh sahtjoih hóyíh m̀sái máaih sīgāchē.	而家就好好多嘹。啲人比較守秩序，喺巴士站排隊上車。巴士站有時有人維持秩序。而且而家同以前唔同，多咗好多選擇。地鐵、火車、輕鐵、隧道巴士同小巴嘅交通網絡四通八達，非常方便。所以喺香港住實在可以唔使買私家車。
Gahnnihn Hēunggóng yàhnháu dōjó, sóyíh sēuiyìhn gāautūng chitsī béigaau yùhnsihn, daahnhaih fàahnmòhng sìhgaan, deihtit, bāsí tùhng máhlouh seuhng dōu wúih géi jāiyúng. Yùhgwó dīyàhn m̀jēunsáu gāautūng kwáilaih, peiyùh yáuhdī sīgēi jā faaichē, waahkjé gaapngáang pàhtàuh, yáuhdī jeuijáu gasái, yáuhdī hàhngyàhn gwo máhlouh m̀táichē, waahkjé chūng hùhngdāng, joi gāséuhng dī chē sìhbātsìh faatsāng gujeung, jauh wúih hóu màhfàahn, jauh hóuchíh gāmyaht gám.	近年香港人口多咗，所以雖然交通設施比較完善，但係繁忙時間，地鐵、巴士同馬路上都會幾擠擁。如果啲人唔遵守交通規例，譬如有啲司機揸快車，或者夾硬爬頭，有啲醉酒駕駛，有啲行人過馬路唔睇車，或者衝紅燈，再加上啲車時不時發生故障，就會好麻煩，就好似今日嘅。
Jí-sìhng hái Jūngwàahn yātgāan gūngsī jouh jaahpgūng. Daihyihdī jīkyùhn jīujóu gáudím sīnji fāangūng, daahnhaih kéuih baatdímbun jauh yiu dou gūngsī jāp deihfōng tùhng chūngchàh. Gāmyaht kéuih jiusèuhng baatdímbun fāandou gūngsī jouhyéh, daahnhaih m̀jī dímgáai, gwojó gáudímjūng juhng meih yáuh yàhn fāanlàih, Jí-sìhng gokdāk hóu kèihgwaai. Gáudím léuhnggo jih jóyáu, Jēung sīnsāang tēui mùhn yahplàih la.	子成喺中環一間公司做雜工。第二啲職員朝早九點先至返工，但係佢八點半就要到公司執地方同沖茶。今日佢照常八點半返到公司做嘢，但係唔知點解，過咗九點鐘仲未有人返嚟，子成覺得好奇怪。九點兩個字左右，張先生推門入嚟嘹。
Jí-sìhng:	子成：
Jēung sāang, jóusàhn!	張生，早晨！
Jēung sīnsāang:	張先生：
Jóusàhn! Yí? Juhngmeih yáuh yàhn fāanlàih àh?!	早晨！咦？仲未有人返嚟嘅？！

羅馬拼音	廣東話
Jí-sìhng: Meih yáuh a! Néih haih daihyātgo. Néih jī m̀jī faatsāng mātyéh sih a?	子成： 未有呀！你係第一個。你知唔知發生乜嘢事呀？
Jēung sīnsāang: Ngóh dōu m̀haih géi chīngchó. Néih jī lā, ngóh jyuhhái Daaihyùhsāan, múihyaht dōu chóh fēichèuhngsyùhn fāangūng. Gāmjīu lohkjó syùhn hàahngchēut máhtàuh jīhauh, táigin gogo bāsíjaahm dōu yàhnsāan yàhnhói. Gāaiseuhngbihn yàhnchē jāanglouh, hóu nàahn hàahng, sóyíh chìhjó síusíu. Lóuhsai fāanjólàih meih a? Wahháu meih yùhn, kéuihdeih táigin Wòhng gīngléih hàahnggán yahplàih la.	張先生： 我都唔係幾清楚。你知啦，我住喺大嶼山，每日都坐飛翔船返工。今朝落咗船行出碼頭之後，睇見個個巴士站都人山人海。街上便人車爭路，好難行，所以遲咗少少。老細返咗嚟未呀？ 話口未完，佢哋睇見黃經理行緊入嚟嘞。
Jí-sìhng, Jēung sīnsāang: Wòhng gīngléih, jóusàhn!	子成、張先生： 黃經理，早晨！
Wòhng gīngléih: Jóusàhn. Gāmjīu jānhaih jónggwái, m̀jī jouh māt, tìuhtìuh louh dōu daaih sākchē. Ngóh jājyuh bouh chē, hàahngháh tìhngháh, dī hàhngyàhn sāmgāp dángm̀chit, hái dī chē jūnggāan chyūn làih chyūn heui, jānhaih táidóu dōu ngàhyīn! Yí, jihnghaih néihdeih léuhnggo fāanjólàih jàh?	黃經理： 早晨。今朝真係撞鬼，唔知做乜，條條路都大塞車。我揸住部車，行吓停吓，啲行人心急等唔切，喺啲車中間穿嚟穿去，真係睇倒都牙煙！咦，淨係你哋兩個返咗嚟咋？
Jí-sìhng: Haih a, Chàhn sīnsāang pìhngsìh hóu jéunsìh gé, daahnhaih gāmjīu dōu m̀gin kéuih, ngóh gú yātdihng yáuh yi'ngoih.	子成： 係呀，陳先生平時好準時嘅，但係今朝都唔見佢，我估一定有意外。
Wòhng gīngléih: Hóu la, m̀hóu góng gam dō la, néihdeih jihgéi jouh yéh sīn lā.	黃經理： 好嘞，唔好講咁多嘞，你哋自己做嘢先啦。

羅馬拼音	廣東話
Sahp dímjūng, Chàhn sīnsāang hei lòh hei chyún, daaihhohn dahp saihohn gám chūngyahplàih.	十點鐘，陳先生氣羅氣喘，大汗扻細汗噉衝入嚟。
Jēung sīnsāang: Wai, A-Chán, jóusàhn. Gāmyaht jouh māt gam chìh a?	張先生： 喂，阿陳，早晨。今日做乜咁遲呀？
A-Chán kéihdihng yātjahngāan, táufāanseuhn tìuh hei sīnji wah:	阿陳企定一陣間，唞返順條氣先至話：
Gāmyaht yíngjān hāakjái. Kèihsaht ngóh gāmyaht jóujó chēut mùhnháu ge la, daaih ōn jí yi saht m̀wúih chìh lā. Dímjī deihtit hàahngdou bunlóu sàhnjó. Ngóh chóh góga chē hái Wohnggok tìhngjó háidouh, wah yiu dáng chìhnbihn ge seunhouh wóh. Gwojó sahpńgh fānjūng, yauh wah chìhnbihn ga chē waaihjó, giu dī sìhnghaak daapgwo daih bouh chē. Yūsih gogo dōu kàhmkàhmchēng jáuchēutlàih, jáuséuhngheui louhmín wán chē daap. Dōngkèihsìh jānhaih lahpláplyuhn, gogo bāsíjaahm dōu kéihmúhn yàhn. Ngóh sāmnám dáng bāsí dōu m̀jī dángdou géisìh, bātyùh chóh dīksí lā.	今日認真黑仔。其實我今日早咗出門口嘅嘞，大安旨意實唔會遲啦。點知地鐵行到半路神咗。我坐嗰部車喺旺角停咗喺度，話要等前便嘅信號㖞。過咗十五分鐘，又話前便架車壞咗，叫啲乘客搭過第部車。於是個個都噙噙青走出嚟，走上去路面揾車搭。當其時真係立立亂，個個巴士站都企滿人。我心諗等巴士都唔知等到幾時，不如坐的士啦。
Dímjī dīksíjaahm dōu haih gam bīk. Yáuhdī sīgēi juhng duhnghéi go páai wah m̀joihaak la wóh. Hóu m̀yùhngyih sīnji wándóu ga dīksí, juhnghaih tùhng géigo yàhn gaapfán chóh ge. Jī bātgwo yùhnlòih daap dīksí dōu móuh jeuhksou ga. Néih jī gótìuh louh géidō hùhngluhkdāng ge lā, ngóhdeih ga chē hàahngdāk gwáiséi gam maahnn. Yānwaih géigo yàhn yātchàih chóh, bouh dīksí móuh chē ngóh dou làuhhah, ngóh juhng yiu hàahng géigo gāaiháu gwolàih, sóyíh gáaudou yìhgā sīnji fāandoulàih lō.	點知的士站都係咁逼。有啲司機仲戚起個牌話唔載客嘑㖞。好唔容易先至揾倒架的士，仲係同幾個人夾份坐嘅。之不過原來搭的士都有着數㗎。你知嗰條路幾多紅綠燈嘅啦，我哋架車行得鬼死咁慢。因為幾個人一齊坐，部的士冇車我到樓下，我仲要行幾個街口過嚟，所以搞到而家先至返到嚟囉。
Fātyìhngāan, dihnwá héung. Jēung sīnsāang lóhéi go dihnwá làih tēng:	忽然間，電話響。張先生攞起個電話嚟聽：

羅馬拼音	廣東話
Wái, haih, há?! Léih síujé yahpjó yīyún àh? M̀, m̀, m̀…Hóu lā, ngóh bōng kéuih chéngga lā. M̀gōisaai néih! Bāaibaai!	喂，係，吓？！李小姐入咗醫院嘅？唔，唔，唔⋯⋯好啦，我幫佢請假啦。唔該晒你！拜拜！
Jēung sīnsāang fongdāi go dihnwá, deui A-Chán wah:	張先生放低個電話，對阿陳話：
Léih síujé yahpjó yīyún. Yùhnlòih kéuih jauh hái néih chìhnbihn góbāan chēdouh. Góbāan chē meih dou Jīmsājéuijaahm jauh tìhngjó háidouh, hàahng yauh m̀hàahngdāk, lohkchē yauh lohk m̀dóu. Chēsēung léuihbihn yauh bīkyàhn, yauh móuh láahnghei, Léih síujé guhkwàhnjó, yiu sungyahp yīyún. Chánjái, néih móuh chóh góbāan chē dōu syun gauwahn ge la.	李小姐入咗醫院。原來佢就喺你前便嗰班車度。嗰班車未到尖沙咀站就停咗喺度，行又唔行得，落車又落唔倒。車廂裏便又逼人，又有冷氣，李小姐焗暈咗，要送入醫院。陳仔，你有坐嗰班車都算夠運嘅嘑。
A-Chán:	阿陳：
Haih a! Ngóh dōu syun gauwahn. Hēimohng Léih síujé faaidī hóufāan lā.	係呀！我都算夠運。希望李小姐快啲好返啦。
Kéuihdeih góngyùhn jīhauh, jauh gok yàhn jouh gok yàhn ge sih la.	佢哋講完之後，就各人做各人嘅事嘑。

語法語義註釋

☞ 架、部　兩者都可作車輛的量詞，也可作家用電器的量詞。

☞ 等唔切　等不及。"〈動詞〉唔切"是來不及／等不及做某事的意思，如："趕唔切"（"來不及"），"年尾訂單太多，我哋做唔切。"（"年底訂單太多，我們趕不完。"）。另外還有一個較特殊的用法是"叻唔切"（"等不及／急於表現自己"）。

☞ 搭過第部車　搭別的車。"〈動詞〉過"有"重新再做一遍"或"另外再做一個"的意思，如"呢張支票睇唔清，你寫過（第）張啦。"（"這張支票看不清，你再／另寫一張吧。"）

☞ 嘑　句末語氣助詞，表示以上為引述，非說話者個人的陳述或觀點，如："佢話個頭暈暈哋，要啤吓喎。"（"她説頭有點兒暈，要歇一會兒。"）如果語境清楚，被引述者可以省略，如：

A: 佢點解咁早走嘅？（她怎麼這麼早就走？）

B: 個頭暈暈哋，要啤吓喎。（她説頭有點兒暈，要歇一會兒。）

由於"喎"表引述，説話人也可以用它來強調某觀點或某事與己無關，如以下對話：

老闆：點搞㗎，啲窗簾咁污糟仲唔換咗佢！（怎麼搞的，窗簾這麼髒還不把它換了！）

夥計：部長話上個禮拜啱啱換咗，唔使換自喎。（部長説上個星期剛換，還不用換吧。）

如果加重"喎"的語氣，可帶出譏諷、揶揄的口吻，如以下對話：

A: 行咗成日，點解佢上咗巴士佢都唔坐低啤吓嘅？（走了一整天，怎麼她上了公共汽車還不坐下歇會兒？）

B: 人哋嫌隔籬個小朋友隻鞋揩倒佢喎。（（據她自己説）人家嫌旁邊小孩的鞋蹭到她呢。）

文化背景註釋

☞　輕鐵　香港政府為配合屯門及天水圍發展為新市鎮所興建的輕便鐵路系統。最初由九廣鐵路公司動工興建並營運；九鐵和地鐵合併後，港鐵公司接管輕鐵，服務維持不變。

☞　隧道巴士　行車線路經過隧道的巴士。

☞　飛翔船　水翼噴射船，主要提供港、澳、珠三角之間的水路交通。

2　詞語

2.1　生詞

廣東話			釋義
1	sái	駛	開（車）；駛
2	táuhei	唞氣	呼吸；喘氣
3	màaihjaahm	埋站	到站
4	jāiyúng	擠擁	擁擠
5	kwāilaih	規例	規則，條例
6	jā faai chē	揸快車	開快車
7	gaap'áang / gaapngáang	夾硬	硬，勉強
8	pàhtàuh	爬頭	超車；超越，超過
9	jāp deihfōng	執地方	收拾地方
10	chūngchàh	沖茶	泡茶
11	jónggwái	撞鬼	見鬼
12	ngàhyīn	牙煙	危險
13	heilòh heichyún	氣囉氣喘	氣喘吁吁
14	daaihhohn dahp saihohn	大汗扰細汗	汗流浹背
15	kéihdihng	企定	站住
16	táuseuhn tìuh hei	唞順條氣	喘過氣來

	廣東話		釋義
17	hāakjái	黑仔	倒霉
18	daaih ōn jí yi / daaih ngōn jí yi	大安旨意	滿以為；過分放心
19	sàhn	神	壞，出故障
20	kàhmkàhmchēng / kàhmkámchēng	噙噙青	急匆匆
21	dōngkèihsìh	當其時	當時
22	lahpláplyuhn	立立亂	亂糟糟
23	gaapfán / gapfán	夾份	湊份子
24	jībātgwo	之不過	不過
25	jeuhksou	着數	划算
26	duhnghéi	戙起	豎起
27	chē	車	開車送；（車）撞或碾
28	bīkyàhn	逼人	人多擁擠
29	guhk	焗	悶熱
30	gauwahn	夠運	運氣好

2.2　難讀字詞

1	syū'náu	樞紐
2	tìhngpaak	停泊
3	jāngsīn húnghauh	爭先恐後

4	gēifùh	幾乎
5	wàihchìh dihtjeuih	維持秩序
6	móhnglok	網絡
7	jēunsáu	遵守
8	hàhngyàhn	行人
9	sìhnghaak	乘客
10	gāautūng gūnggeuih	交通工具
11	wahnlyuhn	混亂

3　附加詞彙

3.1　難讀的城市名

渥太華	Āktaaiwàh / Ngāktaaiwàh	曼谷	Maahngūk
布里斯本	Bouléihsībún	莫斯科	Mohksīfō
布宜諾斯艾利斯	Bouyìh'nohksī'ngaaihleihsī	紐約	Náuyeuk
底特律	Dáidahkleuht	柏林	Paaklàhm
法蘭克福	Faatlàahnhāakfūk	三藩市	Sāamfàahnsíh
哥本哈根	Gōbúnhāgān	首爾	Sáuyíh
里約熱內盧	Léihyeukyihtnoihlòuh	悉尼	Sīknèih
倫敦	Lèuhndēun	檀香山	Tàahnhēungsāan
洛杉磯	Lohkchaamgēi	烏魯木齊	Wūlóuhmuhkchàih

3.2　交通工具名

接駁巴士	jipbok bāsí	小型客貨車	síuyìhng haakfochē
紅的	hùhngdīk	van 仔	wēnjái
綠的	luhkdīk	電單車	dihndāanchē
新界的士	Sāngaai dīksí	飛翔船	fēichèuhngsyùhn
輕鐵	hīngtit	渡海小輪	douhhói síulèuhn
港鐵	Góngtit	天星小輪	Tīnsīng síulèuhn
電車	dihnchē	遊輪	yàuhlèuhn
叮叮	dīngdīng	珍寶客機	jānbóu haakgēi
貨櫃車	fogwaihchē	直升機	jihksīnggēi

3.3　難讀的香港街道名

亞皆老街	A Gāai Lóuh Gāai / Nga Gāai Lóuh Gāai	堅道	Gīn Dóu
畢打街	Bāt Dá Gāai	夏愨道	Hah Kok Douh
般咸道	Būn Hàahm Douh	軒尼詩道	Hīn Nèih Sī Douh
鉢甸乍街	Būt Dīn Ja Gāai	渣甸坊	Jā Dīn Fōng
漆咸道	Chāt Hàahm Douh	遮打道	Jē Dá Douh
德己立街	Dāk Géi Lahp Gāai	莊士敦道	Jōng Sih Dēun Douh
都爹利道	Dōu Dē Leih Douh	諾士佛台	Nohk Sih Faht Tòih
羅便臣道	Lòh Bihn Sàhn Douh	士丹利街	Sih Dāan Leih Gāai
告士打道	Gou Sih Dá Douh	窩打老道	Wō Dá Lóuh Douh

3.4　道路設施

天橋	tīnkìuh	路牌	louhpáai
隧道	seuihdouh	站牌	jaahmpáai
斑馬線	bāanmáhsin	路軌	louhgwái
單車徑	dāanchē ging	鐵馬	titmáh
紅線燈	hùhngluhkdāng	雪糕筒	syutgōutúng
石壆	sehkbok		

3.5　與駕車有關的詞彙

車軚	chēlūk	泊車	paakchē
車吠	chētāai	剎車	saatchē
軚盤	táaihpùhn	收掣不及	sāujai bātkahp
扭軚	náu táaih	炒車	cháauchē
波棍	bōgwan	醉酒駕駛	jeuijáu gasái
轉波	jyunbō	吹波仔	chēui bōjái
摩打	mōdá	車牌	chēpàaih
揸着	tāatjeuhk	抄牌	chāaupàaih
熄匙	sīksìh	停牌	tìhngpàaih
死火	séifó	牛肉乾	ngàuhyuhkgōn
響安	héung'ōn / héungngōn		

附加詞彙粵普對照表

廣東話	釋義
接駁巴士	連接主幹線和最終目的地的公共汽車
紅的	市區的士
綠的	新界的士
叮叮	電車的俗稱
貨櫃車	集裝箱車
小型客貨車	麵包車
van 仔	小型客貨車的俗稱
電單車	摩托車
珍寶客機	大型客機
石壆	路橋等設施上起分隔或阻擋作用的石欄；人行道靠近行車道一側的鑲邊石
鐵馬	鐵護欄
雪糕筒	錐形路障
轆	輪子
車呔	輪胎
軚盤	方向盤
扭軚	打方向盤
波棍	汽車手檔
轉波	換檔
摩打	發動機
撻着	打着火；擦出火花
熄匙	熄火，熄滅引擎
死火	因故障熄火
響安	摁喇叭

廣東話	釋義
泊車	停車
收掣	剎車
炒車	撞車
吹波仔	呼氣酒精測試的俗稱
車牌	駕駛執照；車牌
抄牌	開罰單
停牌	吊銷駕照
牛肉乾	交通罰單的俗稱

4 語音練習：粵普聲母相異字例（4）

4.1 j-g

家	gā	家庭	gātìhng
假	gá	真假	jān'gá
假	ga	放假	fongga
價	ga	大減價	daaihgáamga
佳	gāai	百佳	Baakgāai
解	gáai	解釋	gáaisīk
間	gāan	中間	jūnggāan
間	gaan	間接	gaanjip
禁	gam	禁止	gamjí
巾	gān	毛巾	mòuhgān

急	gāp	緊急	gán'gāp
既	gei	既然	geiyìhn
薑	gēung	老薑	lóuhgēung
極	gihk	太極	taaigihk
健	gihn	身體健康	sāntái gihnhōng
件	gín	條件	tìuhgín
檢	gím	檢查	gímchàh
兼	gīm	兼職	gīmjīk
見	gin	見死不救	ginséi bātgau
堅	gīn	堅持己見	gīnchìh géigin
敬	ging	尊敬	jyūnging
京	gīng	南京	Nàahmgīng
嬌	gīu	嬌生慣養	gīusāng gwaanyéuhng
覺	gok	覺得	gokdāk
角	gok	北角	Bākgok
江	gōng	長江	Chèuhnggōng
降	gong	降落	gonglohk
君	gwān	君子動口不動手	gwānjí duhnghául bātduhngsáu
軍	gwān	軍車	gwānchē
捐	gyūn	捐錢	gyūnchín

4.2　j-k

| 及 | kahp | 愛屋及烏 | oiūk kahpwū |
| 級 | kāp | 石級 | sehkkāp |

舅	káuh		舅父	káuhfú
拒	kéuih		拒絕	kéuihjyuht
鯨	kìhng		鯨魚	kìhngyùh
決	kyut		決定	kyutdihng
訣	kyut		秘訣	beikyut
缺	kyut		缺乏	kyutfaht

4.3　ch-s

仇	sàuh		尋仇	chàhmsàuh
唇	sèuhn		唇膏	sèuhn'gōu
純	sèuhn		純正	sèuhnjing
常	sèuhng		常識	sèuhngsīk
嘗	sèuhng		嘗試	sèuhngsi
垂	sèuih		垂注	sèuihjyu
承	sìhng		承辦	sìhngbaahn
成	sìhng		成績	sìhngjīk
城	sìhng		城牆	sìhngchèuhng
誠	sìhng		誠懇	sìhnghán
崇	sùhng		崇拜	sùhngbaai
船	syùhn		坐船	chóhsyùhn

4.4　r-y

任	yahm		主任	jyúyahm
忍	yán		是可忍，孰不可忍	sih hóyán, suhk bāthó yán
人	yàhn		衰人	sēuiyàhn
仁	yàhn		杏仁	hahngyàhn
入	yahp		入鄉隨俗	yahp hēung chèuihjuhk
惹	yéh		惹事生非	yéhsih sāng fēi
弱	yeuhk		衰弱	sēuiyeuhk
讓	yeuhng		讓步	yeuhngbouh
若	yeuhk		若干	yeuhkgōn
染	yíhm		傳染	chyùhnyíhm
然	yìhn		自然	jihyìhn
認	yihng		承認	sìhngyihng
熱	yiht		熱情如火	yihtchìhng yùh fó
饒	yìuh		饒恕	yìuhsyu
儒	yùh		儒家	yùhgā
如	yùh		假如	gáyùh
乳	yúh		乳鴿	yúhgap
軟	yúhn		軟硬兼施	yúhn ngaahng gīmsī
容	yùhng		容易	yùhngyih

4.5　r-w

榮	wìhng		榮耀	wìhngyiuh

4.6　n-y

虐	yeuhk

虐畜	yeuhkchūk

逆	yihk

逆行	yihkhàhng

擬	yíh

擬人	yíhyàhn

5　情景說話練習

1. Chéng sāamgo tùhnghohk gāngeui yíhhah chìhnggíng jeunhàhng deuiwah: Ǹgh sīnsāang séung tùhng néuihpàhngyáuh heui daaihluhk léuihhàhng. Kéuihdeih múihyàhn yuhgai sái baatchīn mān, daahnnhaih meih námhóu heui bīndouh, sóyíh heui yātgāan léuihhàhngséh mahnháh. Léuihhàhng-séh jīkyùhn gaaisiuhjó géitìuh louhsin béi kéuihdeih, juhng bōng kéuihdeih gaiháh daaihkoi yiu géidō chín.　請三個同學根據以下情景進行對話：吳先生想同女朋友去大陸旅行。佢哋每人預計使八千蚊，但係未諗好去邊度，所以去一間旅行社問吓。旅行社職員介紹咗幾條路線俾佢哋，仲幫佢哋計吓大概要幾多錢。

2. Chéng léuhnggo tùhnghohk gāngeui yíhhah chìhnggíng jeunhàhng deuiwah: Jēung sīnsāang dehngjó jēung gēipiu heui Yahtbún, dímjī fātyìhn yáuh sih, góyaht m̀heuidāk. Gójēung gēipiu búnlòih haih m̀lódākfāan chín ge, daahnnhaih Jēung sīnsāang heui gógāan hòhnghūng gūngsī tùhng gódouh ge jīkyùhn góng, siháh lófāan yātbouhfahn chín.　請兩個同學根據以下情景進行對話：張先生訂咗張機票去日本，點知忽然有事，嗰日唔去得。嗰張機票本來係唔攞得返錢嘅，但係張先生去嗰間航空公司同嗰度嘅職員講，試吓攞返一部分錢。

3. Yáuh yātyaht, Pūn sīnsāang chóh dīksí heui yātgo hóu suhk ge deihfōng. Kéuih táigin gógo dīksí sīgēi dāuyúhnjó hóu dō louh, jauh jātmahn go sīgēi. Gógo sīgēi wah kéuih hàahngcholouh jē. Lohkchē gójahnsí, Pūn sīnsāang yiu béi dō hóudō chēchín. Āamāam yáuh go gíngchaat hàahng-gwo. Néih baahnyín Pūn sīnsāang heung gíngchaat tàuhsou.　有一日，潘先生坐的士去一個好熟嘅地方。佢睇見嗰個的士司機兜遠咗好多路，就質問個司機。嗰個司機話佢行錯路啫。落車嗰陣時，潘先生要俾多好多車錢。啱啱有個警察行過。你扮演潘先生向警察投訴。

4. Chéng sāamgo tùhnghohk gāngeui yíhhah chìhnggíng jeunhàhng deuiwah: Wān síujé tùhng Chìhng síujé hái fàahnmòhng sìhgaan chóh deihtit fāangūng. Lohkchē ge sìhhauh, dī yàhn jāngsīn húnghauh, bīkdou Wān síujé lìhn hàaih dōu lātjó, ditjó yātjek lohk louhgwái. Chìhng síujé jauh ditjó go sáudói lohkheui. Kéuihdeih heui wán deihtitjaahm jīkyùhn, chéng kéuih bōngsáu jāpfāan dī yéh. Jīkyùhn wah yiu gwojó fàahnmòhng sìhgaan sīnji jāpdāk. Kéuihdeih hóu sāmgāp, kàuh gógo jīkyùhn hó m̀hóyíh faaidī.　請三個同學根據以下情景進行對話：溫小姐同程小姐喺繁忙時間坐地鐵返工。落車嘅時候，啲人爭先恐後，逼到溫小姐連鞋都甩咗，跌咗一隻落路軌。程小姐就跌咗個手袋落去。佢哋去揾地鐵站職員，請佢幫手執返啲嘢。職員話要過咗繁忙時間先至執得。佢哋好心急，求嗰個職員可唔可以快啲。

第5課 協助處理罪案

1 課文

羅馬拼音	廣東話
Yàhnyàhn dōu jīdou Hēunggóng ge gíngféi pín tùhng hāakséhwúi dihnyíng hóu chēutméng, béi yàhn ge yanjeuhng hóuchíh Hēunggóng haih yātgo móuh wóng gún ge deihfōng. Daahnhaih kèihsaht Hēunggóng haih saigaai seuhng jeui ōnchyùhn ge sìhngsíh jīyāt, faahnjeuih léut dāi, gíngdéui yihkdōu béigaau gōuhaauh lìhmgit. Síhmàhn tùhng yàuhhaak yáuh mē sih dōu hóhíh dá gáu gáu gáu bouging. Hái gāai seuhng, daaih ji béi yàhn dágip, sai ji dohngsāt louh, dōu hóyíh wán chèuhn lòh ge chāaiyàhn bōngsáu. Bātgwo, hái yàhndō jāibīk ge deihfōng, dōu haih yiu síusām chòihmaht ji dāk. Chìhn gó páai Jí-gihn jauh johngdóu yāt dāan gám ge sih.	人人都知道香港嘅警匪片同黑社會電影好出名，俾人嘅印象好似香港係一個冇王管嘅地方。但係其實香港係世界上最安全嘅城市之一，犯罪率低，警隊亦都比較高效廉潔。市民同遊客有咩事都可以打九九九報警。喺街上，大至俾人打劫，細至蕩失路，都可以搵巡邏嘅差人幫手。不過，喺人多擠逼嘅地方，都係要小心財物至得。前嗰排子健就撞倒一單噉嘅事。
Gó yaht Jí-gihn yāt fāanngūng jauh móuh tìhnggwo, yānwaih lóuhsai ngoihchēut gūnggon, hóudō tùhngsìh yauh behngjó, sóyíh tēng dihnwá, ginhaak, sungfo, tái fobáan kwīklīk kwāaklāak māt dōu haih kéuih yātgo yān jouhsaai, mòhngdou yāt tàuh yīn. Làhm fonggūng, kéuih sīnji námhéi gāmyaht haih meihlòih ngoihfú daaihsauh, fonggūng jīhauh, yiu heui jip meihfānchāi Síu-waih, yātchàih heui jáulàuh. Āamāam séung lèihhōi, yauh jipdóu yātgo Aūjāu chónggā dihnwá, chēui kéuih jīkhaak geidī fobáan gwoheui. Móuh faatjí, kéuih wàihyáuh jāp màaih dī yéh, nīngjyuh dī fobáan, gwánséui luhkgeuk gám jáu heui jógán ge yàuhgúk gei.	嗰日子健一返工就冇停過，因為老細外出公幹，好多同事又病咗，所以聽電話、見客、送貨、睇貨辦□□□□乜都係佢一個人做晒，忙到一頭煙。臨放工，佢先至想起今日係未來外父大壽，放工之後，要去接未婚妻小慧，一齊去酒樓。啱啱想離開，就接倒一個歐洲廠家電話，催佢即刻寄啲貨辦過去。冇法子，佢唯有執埋啲嘢，拎住啲貨辦，滾水淥腳噉走去左近嘅郵局寄。

羅馬拼音	廣東話
Doujó yàuhgúk, m̀jī dímgáai, pàaihdéui ge yàhn dōdou dásaai sèhbéng. Jí-gihn sēuiyìhn sāmgāp, daahnhaih làih dōu làihjó laak, wàihyáuh kéihmàaihheui pàaihdéui. Pàaihpàaihhá, kéuih táigin yātgo yíhmjó gāmtàuhfaat ge hauhsāangjái hái tìuh yàhnlùhng seiwàih hàahnglàih hàahngheui, hóuchíh séung dájīm. Lèuhndou Jí-gihn laak, kéuih jēung go síu yàuhbāau daihbéi jīkyùhn, béijó chín. Fātyìhn tēnggin yáuh néuihyán daaihsēng aai, "Dá hòhbāau a! Yáuh cháak a! Ngóhge ngàhnbāau béi yàhn tāujó a!" Kéuih jīkhāak nihngjyun tàuh, táigin gógo gāmmōujái hóufaai gám jáugwo, Jí-gihn nám dōu m̀nám jauh heui jēui, yātbihn jēui, yātbihn daaihsēng aai, "Máih jáu a!" Yàuhgúk ge bóuōn yàhnyùhn yihkdōu jáugwolàih, sāam sei go yàhn yātchàih jēuichēut yàuhgúk.	到咗郵局，唔知點解，排隊嘅人多到打晒蛇餅。子健雖然心急，但係嚟都嚟咗嘞，唯有企埋去排隊。排排吓，佢睇見一個染咗金頭髮嘅後生仔喺條人龍四圍行嚟行去，好似想打尖。輪到子健嘞，佢將個小郵包遞俾職員，俾咗錢。忽然聽見有女人大聲嗌："打荷包呀！有賊呀！我嘅銀包俾人偷咗呀！"佢即刻擰轉頭，睇見嗰個金毛仔好快嘅走過，子健諗都唔諗就去追，一便追，一便大聲嗌："咪走呀！"郵局嘅保安人員亦都走過嚟，三四個人一齊追出郵局。
Juhng sái mahn, gánghaih Jí-gihn jáudāk jeui faai. Jauhlàih jēuidóu la, gógo gāmmōujái fātyìhn dámdāi dī yéh, jauh yáuh gam faai dāk gam faai gám jáujó la. Jí-gihn yāt tái, chaahkjái dámdāi ge yùhnlòih haih yātgo néuihjōng ngàhnbāau. Bóuōn yàhnyùhn jāphéi go ngàhnbāau, gógo sātjyú nīgo sìhhauh seuhnghei bātjip hahhei gám jáudoulàih.	仲使問，梗係子健走得最快。就嚟追倒嘿，嗰個金毛仔忽然揼低啲嘢，就有咁快得咁快嘅走咗嘿。子健一睇，賊仔揼低嘅原來係一個女裝銀包。保安人員執起個銀包，嗰個失主呢個時候上氣不接下氣嘅走到嚟。
Bóuōn yàhnyùhn:	保安人員：
Síujé, ngàhnbāau haih néih gàh?	小姐，銀包係你㗎？
Sātjyú:	失主：
Haih a, m̀gōisaai, sīnsāang.	係呀，唔該晒，先生。
Bóuōn yàhnyùhn:	保安人員：
M̀sái m̀gōi, néih m̀gōi nīwái sīnsāang lā, chyùhnkaau kéuih jáudāk gam faai, haakdou go cháak geukyúhn, maih fongdāi go ngàhnbāau lō.	唔使唔該，你唔該呢位先生啦，全靠佢走得咁快，嚇到個賊腳軟，咪放低個銀包囉。

羅馬拼音	廣東話
Jí-gihn:	子健：
Faaidī táiháh yáuh móuh m̀ginjó yéh lā!	快啲睇吓有冇唔見咗嘢啦！
Sātjyú:	失主：
Ai-ya! Dī daaihjí móuhsaai, jihngfāan géigo ánjái. Tàihfún kāat tùhng seunyuhng kāat dōu móuhmàaih. Yí! Ngóh jēung sānfánjing nē? Juhngyáuh wùihhēungjing nē? Jānhaih gīkséi yàhn, haahmbaahnglaahng béi go cháak lósaai. Hóuchói, Jāu Giht-lèuhn jēung yíncheung wúi mùhnpiu tùhng kéuih jēung chīmméng séung juhng háidouh.	哎呀！啲大紙冇晒，剩番幾個銀仔。提款咭同信用咭都冇埋。咦！我張身份證呢？仲有回鄉證呢？真係激死人，冚唪唥俾個賊攞晒。好彩，周杰倫張演唱會門票同佢張簽名相仲喺度。
Bóuōn yàhnyùhn:	保安人員：
Néih m̀ginjó géidō chín a?	你唔見咗幾多錢呀？
Sātjyú:	失主：
Daaihkói yātchīn mān sūngdī lā, juhngyáuh baatbaak géi mān yàhnmàhnbaih.	大概一千蚊鬆啲啦，仲有八百幾蚊人民幣。
Jí-gihn:	子健：
Gám, néih sái m̀sái bougíng a? Chāaigún jauh hái deuimihn.	噉你使唔使報警呀？差館就喺對面。
Sātjyú:	失主：
Séi lā! Dímsyun hóu nē? Ngóh jāusān m̀dākhàahn, bougíng yauhyiu heui gínggúk, yauh yiu lohk háugūng, yātgáau jauh géigo jūng. Bīndouh yáuh gamdō sìhgaan a?	死啦！點算好呢？我周身唔得閒，報警又要去警局，又要落口供，一搞就幾個鐘。邊度有咁多時間呀？
Bóuōn yàhnyùhn:	保安人員：
Bātgwo néih dím dōu yiu bousāt sānfánjing ge bo!	不過你點都要報失身份證嘅嘴！
Jí-gihn:	子健：
Juhngyáuh, dī kāat m̀bousāt, béi yàhn mouhchīm, dousìh néih juhng fàahn a. Faaidī dá ngàhnhòhng yihtsin dihnwá bousāt lā.	仲有，啲咭唔報失，俾人冒簽，到時你仲煩呀。快啲打銀行熱線電話報失啦。

羅馬拼音	廣東話
Juhng meih góngyùhn, yáuh léuhnggo chāaiyàhn hàahngdoulàih.	仲未講完，有兩個差人行到嚟。
Chāaiyàhn:	差人：
Faatsāng mē sih a?	發生咩事呀？
Sātjyú:	失主：
A sèuh, ngóh béi yàhn dá hòhbāau, chyùhnbouh yéh dōu móuh saai.	阿 Sir，我俾人打荷包，全部嘢都冇晒。
Chāaiyàhn:	差人：
Néih hái bīndouh béi yàhn dá hòhbāau ga?	你喺邊度俾人打荷包㗎？
Sātjyú:	失主：
Hái yàuhgúk, gójahn yàhn hóudō, āamāam dihnwá héung, ngóh hōi sáudói ló dihnwá, fātyìhn yáuh yàhn hái hauhbihn johngjó ngóh yātháh, ngóh yāt tái, ngàhnbāau yíhgīng m̀ginjó, gānjyuh ngóh táigin yātgo gāmmōujái hóufaai gám jáu, ngóhdeih géigo yātchàih jēui. Yìhgā ngàhnbāau wánfāan, chín jauh móuhsaai.	喺郵局，嗰陣人好多，啱啱電話響，我開手袋攞電話，忽然有人喺後便撞咗我一吓，我一睇，銀包已經唔見咗，跟住我睇見一個金毛仔好快噉走，我哋幾個一齊追。而家銀包搵返，錢就冇晒。
Chāaiyàhn:	差人：
Gám néih séung m̀séung bouon ā?	噉你想唔想報案吖？
Sātjyú:	失主：
Júngjī jauhhaih m̀hóuchói lā. Ngóh yeukjó go daaih haak sihkfaahn kīng sāangyi, yùhgwó yiu bouon, saht chìh daaihdou ge laak…	總之就係唔好彩啦。我約咗個大客食飯傾生意，如果要報案，實遲大到嘅嘞……
Jí-gihn:	子健：
Baih! Ngóh dōu yeukjó yàhn, gāmchi yáuh naahn la! ngóh yiu jáu la.	弊！我都約咗人，今次有難㗎！我要走㗎。

羅馬拼音	廣東話
Yūsih kéuih gāpgāpgeuk séung jáu. Jauhhái góján, dihnwá héung laak.	於是佢就急急腳想走。就喺嗰陣，電話響嘞。
Síu-waih nāubaaubaau gám góng:	小慧嬲爆爆噉講：
Wái, Jí-gihn, néih hái bīn a?	喂，子健，你喺邊呀？
Jí-gihn:	子健：
Wàihwái, tàuhsīn yáuh yàhn béi go cháak dá hòhbāau, ngóh heui jēui cháak ā máh.	慧慧，頭先有人俾個賊打荷包，我去追賊吖嘛。
Síu-waih:	小慧：
Yàhndeih béi cháak tāuyéh, gwāan néih mē sih a? Néih mìhngjī gāmmáahn yiu tùhng dēdìh sihkfaahn gá máh!	人哋俾賊偷嘢，關你咩事呀？你明知今晚要同爹哋食飯㗎嘛！
Jí-gihn:	子健：
Ngóh jī, bātgwo, néih dōu jī ngóh mjí haih choipáau gun'gwān, ngóh juhng yātjihk haih tùhnggwān. Tùhnggwān yiu yaht hàhng yāt sihn ā máh!	我知，不過，你都知我唔止係賽跑冠軍，我仲一直係童軍。童軍要日行一善吖嘛！
Síu-waih:	小慧：
Néih hohk mē yàhn jouh daaih yīnghùhng a? Néih táiháh néih gam ān, yauh mhaih hóudá gwo yàhn, maahnyāt go cháak yáuh dōu, béi kéuih gāt géi dōu, gám géi mdái a?	你學咩人做大英雄呀？你睇吓你咁𡃁，又唔係好打過人，萬一個賊有刀，俾佢拮幾刀，噉幾唔抵呀？

語法語義註釋

☞　排排吓　排着排着。"〈動詞〉〈動詞〉吓" 在普通話中的對應結構是 "〈動詞〉着〈動詞〉着"，如 "諗諗吓"（"想着想着"）。

☞　有咁快得咁快　在表達 "儘量" 的含義時，普通話可以說 "有多〈形容詞〉〈動詞〉多〈形容詞〉"，粵語中對應的是 "有咁〈形容詞〉〈動詞〉咁〈形容詞〉"，如："有咁慢食咁慢"（"有多慢吃多慢"），"有咁多使咁多"（"有多少花多少"）。粵語中還有"有咁〈形容詞〉得咁〈形容詞〉"，可以作為整體放在動詞前面作修飾語，如"有咁慢得咁慢嘅食"，也可以放在動詞後面作描寫補語，如"食得有咁慢得咁慢"。

☞　周身唔得閒　一點空兒都沒有。

文化背景註釋

☞　回鄉證　香港及澳門居民進出中國大陸所用的證件。

☞　香港童軍　志願團體之一，目的是通過組織訓練和活動促進青少年德、智、體、群、美全面發展。

2　詞語

2.1　生詞

	廣東話		釋義
1	móuh wóng gún	冇王管	沒王法
2	dohngsāt (louh)	蕩失（路）	迷路
3	chāaiyàhn	差人	警察
4	dāan	單	樁，件，筆，事件、案件、生意等的量詞
5	fobáan	貨辦	貨樣

	廣東話		釋義
5.1	báan	辦	樣品
6	kwīklīkkwāaklāak	□□□□	零零碎碎（的東西）
7	mòhngdou yāt tàuh yīn	忙到一頭煙	忙死了
8	gwánséui luhkgeuk	滾水淥腳	急急忙忙（地走）
9	jógán	左近	附近，不遠處
10	dá sèhbéng	打蛇餅	形容排隊的人非常多，隊伍如蛇般盤曲
11	yàhnlùhng	人龍	長隊
12	dájīm	打尖	插隊，加塞兒
13	aai / ngaai	嗌	叫
14	dá hòhbāau	打荷包	偷錢包
15	nihngjyuntàuh	擰轉頭	回過頭，扭頭
16	máih jáu	咪走	別跑
16.1	jáu	走	跑；離開
17	dámdāi	揼低	扔下
18	jāphéi	執起	撿起
19	daaihjí	大紙	大面額鈔票
20	ánjái / ngánjái	銀仔	硬幣
21	gīkséi yàhn	激死人	氣死人

	廣東話		釋義
22	dímsyun	點算	怎麼辦
23	sūngdī	鬆啲	多一點
24	lohk háugūng	落口供	錄口供
25	chāaigún	差館	警察局
26	chìhdaaihdou	遲大到	大大地遲到
27	baih	弊	糟
28	yáuhnaahn	有難	有麻煩
29	gāpgāpgeuk	急急腳	急走着，急跑着
30	nāubaaubaau	嬲爆爆	氣呼呼
31	tàuhsīn	頭先	剛才
32	ān / ngān	奀	瘦小
33	hóudá	好打	擅長打架
34	gāt	拮	刺

2.2 難讀字詞

1	chèuhnlòh	巡邏
2	meihfānchāi	未婚妻
3	chēui	催
4	fātyìhn	忽然
5	seuhnghei bātjip hahhei	上氣不接下氣

6	geukyúhn	腳軟
7	tàihfún kāat	提款咭
8	Jāu Giht-lèuhn	周杰倫
9	gínggúk	警局
10	yihtsin dihnwá	熱線電話
11	yīnghùhng	英雄

3 附加詞彙

3.1 罪案

械劫	haaihgip	偷渡	tāudouh
縱火	jungfó	非法逗留	fēifaat dauhlàuh
爆竊	baausit	非法入境	fēifaat yahpgíng
兇殺	hūngsaat	打黑工	dá hāakgūng
恐怖襲擊	húngbou jaahpgīk	詐騙	ja'pin
勒索	lahksok	街頭騙案	gāaitàuh pin'on / gāaitàuh pinngon
綁架	bóngga	強姦	kèuhnggāan
藏毒	chòhngduhk	性騷擾	singsōuyíu
販毒	faahnduhk	非禮	fēiláih
走私	jáusī	虐兒	yeuhkyìh

虐畜	yeuhkchūk	集體鬥毆	jaahptái dauáu / jaahptái daungáu
擾人清夢	yíu yàhn chīngmuhng	偽造	ngaihjouh
阻街	jógāai	受賄	sauhkúi
襲警	jaahpgíng	放貴利	fong gwailéi

3.2　描述人的外貌

矮矮細細	áiáisaisai / ngáingái sai sai	眼翕毛	ngáahnyāpmōu
身型高大	sānyìhng gōudaaih	兩堂眉	léuhngtòhng mèih
中等身材	jūngdáng sānchòih	兜風耳	dāufūngyíh
瘦揩揩	saumáangmáang	鼻哥	beihgō
肥嘟嘟	fèihdyūtdyūt	鼻高高	beihgōugōu
面圓圓	mihnyùhnyùhn	鼻扁扁	beihbínbín
鵝蛋面	ngòhdáanmihn	皮膚	pèihfū
瓜子口面	gwājí háumihn	暗瘡	amchōng / ngamchōng
國字口面	gwokjih háumihn	粉刺	fánchi
下爬尖尖	hah'pàh jīmjīm	雀斑	jeukbān
眼大大	ngáahndaaihdaaih	一撻痢	yātdaat lā
眼細細	ngáahnsaisai	一粒瘤	yātnāp mák
雙眼皮	sēungngáahnpèih	酒凹	jáunāp
突眼	dahtngáahn	鬍鬚	wùhsōu
矇豬眼	mūngjyū'ngáahn		

3.3 親屬名詞

a. 父親方面的親戚

伯父	baakfuh	堂兄	tòhnghīng
伯娘	baaknèuhng	堂細佬	tòhng sailóu
阿叔	a-sūk	堂家姐	tòhng gājē
阿嬸	a-sám	堂妹	tòhngmúi
姑媽	gūmā	姪仔	jahtjái
姑姐	gūjē	姪女	jahtnéui
姑丈	gūjéung		

b. 母親方面的親戚

舅父	káuhfú	姨甥	yìhsāng
舅母	káuhmóuh	表哥	bíugō
姨媽	yìhmā	表姐	bíujé
阿姨	a-yī	表弟	bíudái
姨丈	yìhjéung	表妹	bíumúi

c. 姻親

老爺	lóuhyèh	阿嫂	a-sóu
奶奶	nàaihnáai	姐夫	jéfū
新抱	sānpóuh	弟婦	daihfúh
外父	ngoihfú	妹夫	muihfū
外母	ngoihmóu	大舅	daaihkáuh
女婿	néuihsai	舅仔	káuhjái

大姨	daaihyìh	叔仔	sūkjái
姨仔	yījái	大姑	daaihgū
大伯	daaihbaak	姑仔	gūjái

附加詞彙粵普對照表

廣東話	釋義
放貴利	放高利貸
矮矮細細	矮小
瘦搐搐	乾瘦乾瘦的
肥嘟嘟	胖乎乎
下爬	下巴
矇豬眼	小眼睛
眼翁毛	眼睫毛
堂	"眉"的量詞
兜風耳	招風耳
揰	"瘌"的量詞
瘌	疤
癦	痣
酒凹	酒窩
姑姐	姑姑

廣東話	釋義
阿姨	母親的妹妹
姨甥	外甥
老爺	公公，即丈夫的父親
奶奶	婆婆，即丈夫的母親
新抱	媳婦
外父	岳父
外母	岳母
姨仔	小姨
叔仔	小叔
姑仔	小姑

4　語音練習：粵普聲母相異字例（5）

4.1　q-h

巧	háau	花言巧語	fāyìhn háauyúh
恰	hāp	恰巧	hāpháau
洽	hāp	融洽	yùhnghāp
乞	hāt	乞嗤	hātchī
氣	hei	嘥氣	sāaihei
棄	hei	放棄	fonghei

器	hei		小器	síuhei
汽	hei		汽水	heiséui
起	héi		起身	héisān
豈	héi		豈有此理	héiyáuhchíléih
輕	hēng		減輕	gáamhēng
輕	hīng		輕鬆	hīngsūng
去	heui		速去速回	chūkheui chūkwùih
欠	him		欠債還錢	himjaai wàahnchìhn
謙	hīm		謙虛	hīmhēui
牽	hīn		牽涉	hīnsip
慶	hing		慶祝	hingjūk
歉	hip		抱歉	póuhhip
怯	hip		膽怯	dáamhip
腔	hōng		陳腔濫調	chàhnhōng laahmdiuh
勸	hyun		勸告	hyungou
犬	hyún		雞犬不寧	gāihyún bātnìhng
圈	hyūn		圓圈	yùhnhyūn

4.2　q-j

蛆	jēui		蛆蟲	jēuichùhng
雀	jeuk		雀仔街	Jeukjái Gāai

4.3　q-k

禽	kàhm		禽流感	kàhmlàuhgám

琴	kàhm		彈琴	tàahnkàhm
芹	kàhn		芹菜	kàhnchoi
勤	kàhn		勤力	kàhnlihk
啟	kái		啟程	káichìhng
球	kàuh		球王	kàuhwòhng
求	kàuh		求仁得仁	kàuhyàhn dākyàhn
企	kéih		企業	kéihyihp
期	kèih		學期	hohkkèih
其	kèih		其他	kèihtā
奇	kèih		奇人奇事	kèihyàhnkèihsih
棋	kèih / kéi		捉棋	jūkkéi
強	kèuhng		小強	síukèuhng
區	kēui		區域	kēuiwihk
黔	kìhm		黔驢之技	kìhmlòuhjīgeih
虔	kìhn		虔誠	kìhnsìhng
傾	kīng		傾偈	kīnggái
確	kok		確定	kokdihng
窮	kùhng		一窮二白	yāt kùhng yih baahk
曲	kūk		委曲求全	wáikūk kàuhchyùhn
缺	kyut		三缺一	sāamkyutyāt

4.4 q-w

屈	wāt		屈臣氏	Wāt sàhnsih

4.5　q-y

泣	yāp	可歌可泣	hógōhóyāp
丘	yāu	丘陵	yāulìhng
酋	yàuh	酋長	yàuhjéung
綺	yí	來日綺窗前	lòihyaht yí chēung chìhn
鉛	yùhn	鉛筆	yùhnbāt
飲	yám	飲食	yámsihk
蚓	yáhn	蚯蚓	yāuyáhn

5　情景説話練習

1. Yātgo daaihluhk yàuhhaak hái Hēunggóng chóh dīksí góján, lauhdāi sáudói hái chēdouh, léuih-bihn m̀jí yáuh chín, juhng yáuh wuhjiu, seunyuhngkāat tùhng gēipiu. Kéuih jīkhāak dá dihnwá heui dīksí jūngsām wán. Géigo jūngtàuh jīhauh, gógo sīgēi dáfāan dihnwá béi kéuih. Léuhnggo tùhnghohk fānbiht baahnnyín yàuhhaak tùhng dīksí sīgēi, syúnjaahk yíhhah léuhnggo chìhnggíng jīyāt jeunhàhng deuiwah: (1) dīksí sīgēi wah wándóu yātgo sáudói, bātgwo yiu mahn chīngchó nīgo yàuhhaak haih maih jānhaih sātjyú; (2) dīksí sīgēi wah kéuih móuh gindóu sáudói, daahn-haih yàuhhaak m̀haih géi seun, séung baahnfaat seuifuhk sīgēi wàahnfāan sáudói béi kéuih. 一個大陸遊客喺香港坐的士嗰陣，留低手袋喺車度，裏便唔止有錢，仲有護照、信用咭同機票。佢即刻打電話去的士中心搵。幾個鐘頭之後，嗰個司機打返電話俾佢。兩個同學分別扮演遊客同的士司機，選擇以下兩個情景之一進行對話：（一）的士司機話搵倒一個手袋，不過要問清楚呢個遊客係咪真係失主；（二）的士司機話佢有見倒手袋，但係遊客唔係幾信，想辦法説服司機還返手袋俾佢。

2. Gāngeui hahmihn chìhnggíng jeunhàhng deuiwah: Hòh táai tùhng pàhngyáuh hàahnggāai ge sìh-hauh béi yàhn dájó hòhbāau, léuihbihn yáuh ngàhnjí, géijēung kāat, wùihhēungjing dángdáng.

Kéuihdeih heui chāaigún bouon. Yānwaih juhng yáuh gāpsih yiu baahn, kéuihdeih séung faaidī gáaudihm, yìh chāaiyàhn jauh maahnmáan gám yātyeuhng yātyeuhng mahn chīngchó. Hòh táai tùhng kéuih pàhngyáuh dōu móuh faatjí, yauh m̀gám chēui go chāaiyàhn faaidī.　根據下面情景進行對話：何太同朋友行街嘅時候俾人打咗荷包，裏便有銀紙、幾張咭，回鄉證等等。佢哋去差館報案。因為仲有急事要辦，佢哋想快啲搞掂，而差人就慢慢噉一樣一樣問清楚。何太同佢朋友都冇法子，又唔敢催個差人快啲。

3. Gāngeui hahmihn chìhnggíng jeunhàhng deuiwah: Wòhng Síujé m̀jī jēung seunyuhngkāat báaijó hái bīndouh, wángihk dōu wán m̀dóu, jauh dá dihnwá béi ngàhnhòhng bousāt. Ngàhnhòhng jīkyùhn giu kéuih joi wán chīngchó, yānwaih bousāt kāat haih yiu sāuchín ge. Wòhng síujé pa béi yàhn mouhchīm, sóyíh kyutdihng bousāt.　根據下面情景進行對話：黃小姐唔知將信用咭擺咗喺邊度，搵極都搵唔倒，就打電話俾銀行報失。銀行職員叫佢再搵清楚，因為報失唔係要收錢嘅。黃小姐怕俾人冒簽，所以決定報失。

4. Yātgo ngoihdeih yàuhhaak, hái Wohnggok béi cháak dágwo yātchi hòhbāau. Yìhgā geijé jauh búndeih jih'ōn mahntàih chóifóng kéuih. Chéng yātgo tùhnghohk yíh nīgo yàuhhaak ge sānfán góngchēut jihgéi ge gīnglihk, joi tàihchēut yātdī góisihn yigin.　一個外地遊客，喺旺角俾賊打過一次荷包。而家記者就本地治安問題採訪佢。請一個同學以呢個遊客嘅身份講出自己嘅經歷，再提出一啲改善意見。

5. Chéng léuhng'wái tùhnghohk gāngeui yíhhah chìhnggíng jeunhàhng deuiwah: yātgo haakyàhn heui ngàhnhòhng gahmchín, dímjī jēung kāat béi ga gēi sihkjó. Kéuih heui wán ngàhnhòhng jīkyùhn bōng kéuih lófāan jēung kāat, jīkyùhn yiu mahn haakyàhn yātdī mahntàih, haakyàhn jauh hóu gwāansām jēung kāat wúih m̀wúih yáuh mahntàih. Jīhauh jīkyùhn góngbéi haakyàhn tēng dímyéung sīnji m̀wúih joi faatsāng gám ge sih.　請兩位同學根據以下情景進行對話：一個客人去銀行攞錢，點知張咭俾架機食咗。佢去搵銀行職員幫佢攞返張咭，職員要問客人一啲問題，客人就好關心張咭會唔會有問題。之後職員講俾客人聽點樣先至唔會再發生噉嘅事。

參 加 文 娛 活 動

1 課文

羅馬拼音	廣東話
Hóu dō nìhn yíhlòih, Hēunggóng dōu béi yàhn giujouh "màhnfa sāmohk". Daahnhaih gāmsìh m̀tùhng wóhngyaht, jihchùhng Hēunggóng jingfú jīkgihk tēuigwóng màhnfa ngaihseuht, búndeih ge màhnfa yínngaih sihyihp yíhgīng yáuhjó hóudaaih faatjín. Búndeih ge ngaihseuhtgā tùhng yínchēut tyùhntái dākdóu gangdō jījoh, póulòh síhmàhn yihkdōu dōjó hóudō gēiwuih jipjūk saigaai gokdeih ge ngaihseuht tùhng ngaihseuhtgā. Hōngmàhnchyúh suhkhah gok kēui ge màhnfa yínchēut chèuhngdeih, sìhsìh géuibaahn yāmngohkwúi、jínláahm、ngaihhēui tùhng kèihtā màhnfa wuhtduhng. Tái yínchēut haih Hēunggóng síhmàhn hóu pìhngsèuhng ge yātjúng sīuhín.	好多年以來，香港都俾人叫做"文化沙漠"。但係今時唔同往日，自從香港政府積極推廣文化藝術，本地嘅文化演藝事業已經有咗好大發展。本地嘅藝術家同演出團體得倒更多資助，普羅市民亦都多咗好多機會接觸世界各地嘅藝術同藝術家。康文署屬下各區嘅文化演出場地，時時舉辦音樂會、展覽、藝墟同其他文化活動。睇演出係香港市民好平常嘅一種消遣。
M̀jí haih gám, síhmàhn juhng yáuh hóudō gēiwuih chānsān sèuhngsi. Yìhgā hóudō yàhn hái gūngyùh foyùh, dōu jūngyi hohk wáan ngohkhei、hohk cheunggō, yáuhdī yàhn jauh hohk waahkwá waahkjé hohk syūfaat, waahkjé hohk tiumóuh, wáanháh wákehk gám, yātlàih gáam'aat, yihlàih tìuhjāi sāngwuht, tòuhyéh singchìhng.	唔止係噉，市民仲有好多機會親身嘗試。而家好多人喺工餘課餘，都鍾意學玩樂器、學唱歌，有啲人就學畫畫或者學書法，或者學跳舞，玩吓話劇噉，一嚟減壓，二嚟調劑生活，陶冶性情。
Fōng Síu-làahn tùhng Màhn Yaht-fēi haih wáan yāmngohk sīk ge pàhngyáuh. Fōng Síu-làahn hohk tàahn gújāng, Màhn Yaht-fēi hohk lāai yihwú. Kéuihdeih dākhàahn gójahnsìh gaapháh "band", yāt yáuh gēiwuih jauh yeukmàaih yātchàih heui tēng yāmngohkwúi, hóudou hóuchíh tòhng chī dáu gám.	方小蘭同文逸飛係玩音樂識嘅朋友。方小蘭學彈古箏，文逸飛學拉二胡。佢哋得閒嗰陣時夾吓 band，一有機會就約埋一齊去聽音樂會，好到好似糖黏豆噉。

羅馬拼音	廣東話
Yáuh yātyaht Fōng Síu-làahn lójó bún jitmuhkbíu tùhng dī dāanjēung làih wán Màhn Yaht-fēi.	有一日方小蘭攞咗本節目表同啲單張嚟搵文逸飛。
Màhn Yaht-fēi yāt gihn jauh wah:	文逸飛一見就話：
Haih bo, Hēunggóng Ngaihseuhtjit yauh jauhlàih dou la.	係喎，香港藝術節又就嚟到嘑。
Fōng Síu-làahn:	方小蘭：
Gāmnín yáuh síusíu m̀tùhng. Ngóh yáuh go Sìhngdōu ge pàhngyáuh chìhdī wúih làih Hēunggóng. Kéuih deui ngaihseuht hóu faatsīu ga. Johng'āam Ngaihseuhtjit, ngóh séung daai kéuih tái yínchēut tùhng jínláahm, ngóh nám kéuih wúih béi heui Jūngwàahn máaihyéh ganggā hōisām.	今年有少少唔同。我有個成都嘅朋友遲啲會嚟香港。佢對藝術好發燒㗎。撞啱藝術節，我想帶佢睇演出同展覽，我諗佢會比去中環買嘢更加開心。
Màhn Yaht-fēi:	文逸飛：
Hóu dahkbiht wo! Gám yìhgā jauh yiu làhlàhsēng heui pokfēi la, m̀haih jauh móuhsaai fēi, waahkjé móuhsaai leng wái ge la! Táiháh gāmnín yáuhdī mātyéh jitmuhk sīn.	好特別喎！噉而家就要嗱嗱聲去撲飛嘑，唔係就冇晒飛，或者冇晒靚位嘅嘑！睇吓今年有啲乜嘢節目先。
Kéuih yātbihn kit jitmuhk dāan yātbihn góng:	佢一便揭節目單一便講：
Hēunggóng Jūngngohk Tyùhn ge yínchēut ngóhdeih yātdihng wúih tái ge lā. Juhng yáuh gāauhéungngohk, gongkàhm duhkjau wúi, gōkehk, tùhngmàaih nīgo gam yáuh dahksīk ge síusouh màhnjuhk hahpcheungtyùhn, yuhngfāan kéuihdeih jihgéi ge ngohkhei yínjau ge. Néih go pàhngyáuh jūngyi tái dī mātyéh jitmuhk ga?	香港中樂團嘅演出我哋一定會睇嘅啦。仲有交響樂、鋼琴獨奏會、歌劇，同埋呢個咁有特色嘅少數民族合唱團，用返佢哋自己嘅樂器演奏嘅。你個朋友鍾意睇啲乜嘢節目㗎？
Fōng Síu-làahn:	方小蘭：
Kéuih m̀haih hóu yīmjīm ge yàhn, yauh mātyéh sānsīn sih dōu háng si, ngóhdeih bōng kéuih gáan dāk ge la.	佢唔係好腌尖嘅人，又乜嘢新鮮事都肯試，我哋幫佢揀得嘅嘑。

羅馬拼音	廣東話
Haih laak, yáuh mātyéh móuhdouh tái a? Ngóh go néui gahnpáai mòuhlālā hóu daaih yáhn hohk tiumóuh, ngóh séung daai kéuih tái dō dī.	係嘞，有乜嘢舞蹈睇呀？我個女近排無啦啦好大癮學跳舞，我想帶佢睇多啲。
Màhn Yaht-fēi:	文逸飛：
Haih àh? Gám géi hóu ā, waahkjé kéuih jānhaih yáuh tīnfahn nē.	係嘅？噉幾好吖，或者佢真係有天分呢。
Fōng Síu-làahn:	方小蘭：
Bīndouh haih ā! Nīpàaih kéuih dī tùhnghohk jái hīng tiu "hip-hop" jē, ngóh bāaubóu kéuih géigo yuht jīhauh jauh laahnméih ge la. Kéuih yàuh sai dou daaih wáangwo ge ngohkhkei, jihkchìhng sākbaau saai ngóhdeih gāan ūk, móuh yeuhng hohkdāk sèhng.	邊度係吖！呢排佢啲同學仔興跳 hip-hop 啫，我包保幾個月之後就爛尾嘅嘑。佢由細到大玩過嘅樂器，直情塞爆晒我哋間屋，冇樣學得成。
Màhn Yaht-fēi:	文逸飛：
M̀…, nīgo Hòhlāan ge yihndoih móuhdouhtyùhn chùhnglòih dōu meih làihgwo Hēunggóng, tēnggóng kéuihdeih hái saigaai gokdeih bíuyín chèuhngchèuhng baaumúhn, hóu gwāngduhng ga, ngóh dōu máih jáubóu jidāk!	唔……，呢個荷蘭嘅現代舞蹈團從來都未嚟過香港，聽講佢哋喺世界各地表演場場爆滿，好轟動㗎，我都咪走寶至得！
Gāmnìhn ngóhdeih hóyíh táifāan chēut wákehk bo. Nīgo tyùhn wúih yín yātchēut gīngdín jokbán, douhyín tùhng yínyùhn dōu hóu jeng ga, ngóh hahnjó hóunoih ge la.	今年我哋可以睇返齣話劇嘑。呢個團會演一齣經典作品，導演同演員都好正㗎，我恨咗好耐嘅嘑。
Fōng Síu-làahn:	方小蘭：
Ngóh chùhnglòih dōu móuh táigwo jihnghaih góngyéh, móuh yāmngohk ge yínchēut, m̀jī wúih m̀wúih táitáiháh hāp ngáahnfan nē? Bātgwo geiyìhn néih gam yáuh hingji, jauh yuhmàaih ngóh lā.	我從來都冇睇過淨係講嘢，冇音樂嘅演出，唔知會唔會睇睇吓瞌眼瞓呢？不過既然你咁有興致，就預埋我啦。
Ngóh námhéi laak. Ngóh go pàhngyáuh deui gīngkehk géi yáuh yìhn'gau ge, bātyùh ngóhdeih yātchàih heui tái gīngkehk lo.	我諗起嘞。我個朋友對京劇幾有研究嘅，不如我哋一齊去睇京劇囉。

羅馬拼音	廣東話
Màhn Yaht-fēi: Gónghéi séuhnglàih jānhaih chàahmkwáih, sēuiyìhn ngóh jihgéi dōu wáan jūngngohk, daahnhaih deui heikūk jauh yātdī hingcheui dōu móuh. Gauhjahnsí ngóh pòhpó hóu jūngyi tái daaihhei, ngóh jauh m̀dō tái ge, yìhm chòuh dāk jaih, yáuhsìh laapháh, gindī síujé ge heifuhk tùhng tàuhsīk hóu leng jē. Gīngkehk ngóh jauh ganggā táidou yāt gauh wàhn, dōu m̀jī kéuihdeih cheung māt.	**文逸飛：** 講起上嚟真係慚愧，雖然我自己都玩中樂，但係對戲曲就一啲興趣都冇。舊陣時我婆婆好鍾意睇大戲，我就唔多睇嘅，嫌嘈得滯，有時攞吓，見啲小姐嘅戲服同頭飾好靚啫。京劇我就更加睇到一嚿雲，都唔知佢哋唱乜。
Fōng Síu-làahn: Gám jauh ganggā yiu chéng kéuih gaauháh ngóhdeih yānséung la. Gīngkehk haih Jūnggwok chyùhntúng ge bíuyín ngaihseuht, yìhgā juhng sìhngwàih Lyùhnhahpgwok fēi mahtjāt màhnfa wàihcháan, jauhsyun m̀sīk tái dōu heui hōiháh ngáahngaai ā ma. Juhng yáuh dī mātyéh āam kéuih nē?	**方小蘭：** 嗽就更加要請佢教吓我哋欣賞嘑。京劇係中國傳統嘅表演藝術，而家仲成為聯合國非物質文化遺產，就算唔識睇都去開吓眼界吖嘛。仲有啲乜嘢啱佢呢？
Màhn Yaht-fēi: Hēunggóng nīpáai gamdō jínláahmwúi, wájín lā, Jūnggwok màhnmaht jín lā, tòuhchìh jín lā. Ngóhdeih juhng hóyíh daai kéuih heui Lihksí Bokmahtgún, yauh waahkjé seijāuwàih dohkháh, m̀sái yahp bokmahtgún jauh yānséungdóu hóudō gauh ginjūk, jānhaih m̀yāu móuh jitmuhk a.	**文逸飛：** 香港呢排咁多展覽會，畫展啦，中國文物展啦，陶瓷展啦。我哋仲可以帶佢去歷史博物館，又或者四周圍踱吓，唔使入博物館就欣賞倒好多舊建築，真係唔憂冇節目呀。
Gwojó yātgo yuht, Fōng Síu-làahn ge Sìhngdōu pàhngyáuh Chīng-chīng làihdou Hēunggóng. Fōng Síu-làahn gaaisiuh kéuih béi Màhn Yaht-fēi sīk:	過咗一個月，方小蘭嘅成都朋友清清嚟到香港。方小蘭介紹佢俾文逸飛識：
Chīng-chīng go yàhn dōchòih dōngaih, kéuih m̀jí sīk waahkwá tùhng sipyíng, yauh sīk jíng tòuhngaih, juhng haih móuhlàhm gōusáu làih tīm.	清清個人多才多藝，佢唔止識畫畫同攝影，又識整陶藝，仲係舞林高手嚟添。

羅馬拼音	廣東話
Chīng-chīng:	清清：
Néih taai gwojéung laak, kèihsaht haih "jāusān dōu, móuh jēung leih" jauh jān. Ngóh bātgwo haih deui ngaihseuht yáuh sēsíu hingcheui, pìhngsìh dākhàahn ge sìhhauh wáanháh jē. Ngóh jīdou Hēunggóng haih go Jūng Sāi màhnfa gāaulàuh jūngsām, nīchi ngóh dohkjó hóu noih, sīnji jauh'āam sìhgaan hái Ngaihseuhtjit kèihgāan làih Hēunggóng, ngóh bātjī géi hōisām.	你太過獎嘞，其實係"周身刀，冇張利"就真。我不過係對藝術有些少興趣，平時得閒嘅時候玩吓啫。我知道香港係個中西文化交流中心，呢次我度咗好耐，先至就啱時間喺藝術節期間嚟香港，我不知幾開心。
Fōng Síu-làahn:	方小蘭：
Yaht-fēi haih Góngdóu sāikēui deihdáam, jeui sīk gyūnlūng gyūnla ge. Tīngyaht kéuih dahkdāng ló yāt yaht ga, pùih néih heui hàahngháh dī gauhgāai, táiháh gújīk.	逸飛係港島西區地膽，最識捐窿捐罅嘅。聽日佢特登擇一日假，陪你去行吓啲舊街，睇吓古蹟。
Chīng-chīng:	清清：
Gám dím haih a! Gwángáausaai néih laak wo!	噉點係呀！滾攪晒你嘞嗰！
Màhn Yaht-fēi:	文逸飛：
M̀hóu gám góng, móuh géi hó jē.	唔好噉講，冇幾何啫。
Chīng-chīng:	清清：
Gám tīngyaht yíngséung hóyíh yíng chāan báau la!	噉聽日影相可以影餐飽噃！
Daihyih yaht, Màhn Yaht-fēi gwóyìhn daai Chīng-chīng hàahngjūk yātyaht. Yehmáahn, kéuihdeih sāamgo yātchàih heui Hēunggóng Daaihwuihtòhng tái Gīngkehk. Saanchèuhng ge sìhhauh, Síu-làahn mahn Chīng-chīng gokdāk dím. Chīng-chīng jauh wah:	第二日，文逸飛果然帶清清行足一日。夜晚，佢哋三個一齊去香港大會堂睇京劇。散場嘅時候，小蘭問清清覺得點。清清就話：
Séuijéun jānhaih gōu a, yínyùhn ge cheunghōng tùhng sāndyuhn dōu hóu jeng, heifuhk tùhng douhgeuih dōu jouhdāk hóu jīngji.	水準真係高呀，演員嘅唱腔同身段都好正，戲服同道具都做得好精緻。

羅馬拼音	廣東話
Màhn Yaht-fēi: Ngóh jihkchìhng táidou ngáahn dōu kìhngmàaih.	文逸飛： 我直情睇到眼都凝埋。
Fōng Síu-làahn: Ngóh jauh táidou tàuh dōu wàhnmàaih – ngóh yanjeuhng jeui sām ge haih yātgo yínyùhn lìhn dá yahgéigo gwāandáu!	方小蘭： 我就睇到頭都暈埋──我印象最深嘅係一個演員連打廿幾個關斗！
Gó géi yaht, Chīng-chīng yíngjān gwojūk yáhn. Làhmjáu chìhn, Fōng Síu-làahn wah béi kéuih jī:	嗰幾日，清清認真過足癮。臨走前，方小蘭話俾佢知：
Chīng-chīng, néih jī m̀jī Hēunggóng múihnìhn dōu yáuh Dihnyíngjit ga? Hēunggóng heiyún yauh dō, dī hei yauh sān, juhng yáuh hóudō m̀tùhng ge syúnjaahk. Daihnín néih làih, ngóhdeih yātyū tùhng néih tái dihnyíng!	清清，你知唔知香港每年都有電影節㗎？香港戲院又多，啲戲又新，仲有好多唔同嘅選擇。第年你嚟，我哋一於同你睇電影！

語法語義註釋

☞　唔多睇　不怎麼看，不常看。更多"唔多〈動詞〉"的例子："佢唔多飲酒嘅，唔好監佢喇。"（"他不太喝酒的，別強迫他了。"）

☞　周身刀，冇張利　俗語，形容一個人甚麼都會一點點，甚麼都不精通。"張"是"刀"的量詞。

☞　（嗷）點係呀？　客氣話，用來回應對方的幫忙和禮遇。字面意思是"怎麼可以這樣？"，功能相當於"您太客氣了！""太麻煩您了！"

文化背景註釋

☞　康文署　全稱"康樂及文化事務署"，是香港政府下轄專門負責康樂、體育、文化事務的部門，職責包括推動香港的藝術和體育發展，保護文物古蹟，開展康體文化活動，管理及向市民提供活動場所等等。

2 詞語

2.1 生詞

	廣東話		釋義
1	tòhng chī dáu	糖黐豆	形容感情深，形影不離
2	dāanjēung	單張	宣傳單
3	johng āam / johng ngāam	撞啱	碰巧
4	làhlàhsēng / làhlásēng	嘩嘩聲	趕緊
5	pokfēi	撲飛	搶購門票，奔票
6	yīmjīm	腌尖	過分挑剔
7	mòuhlālā	無啦啦	無緣無故
8	bāaubóu	包保	打包票，保證
9	laahnméih	爛尾	不了了之
10	jihkchìhng	直情	簡直
11	jáubóu	走寶	錯失大好機會
12	hahn	恨	巴望

	廣東話		釋義
13	hāp ngáahn fan	瞌眼瞓	打瞌睡
13.1	ngáahnfan	眼瞓	睏
14	gauhjahnsìh / gauhjahnsí	舊陣時	很久以前
15	laap	擸	瞥
16	yāt gauh wàhn	一嚿雲	糊裏糊塗，雲山霧罩
17	jitmuhk	節目	活動項目；（電視、晚會等）節目
18	yāu	憂	擔心，愁
19	sēsíu	些少	少許
20	dohk	度	思量
21	jauh	就	遷就
22	deihdáam	地膽	對當地瞭如指掌的人
23	gyūnlūng gyūnla	捐窿捐罅	去那些不為人熟知的地方
23.1	gyūn	捐	鑽
23.2	lūng	窿	洞，窟窿
23.3	la	罅	縫
24	dahkdāng	特登	特地；故意
25	gwán'gáau	滾攪	打攪
26	móuh géi hó	冇幾何	甚少
27	yíngséung	影相	照相，拍照

	廣東話		釋義
28	kìhng	凝	（眼睛）一眨不眨，呆呆地
29	dá gwāandáu	打關斗	翻跟斗
30	heiyún	戲院	電影院；劇院

2.2　難讀字詞

1	ngaihseuhtgā	藝術家
2	jipjūk	接觸
3	sīuhín	消遣
4	sèuhngsi	嘗試
5	Hòhlāan	荷蘭
6	gwāngduhng	轟動
7	chàahmkwai / chàahmkwáih	慚愧
8	yìhm	嫌
9	yānséung	欣賞
10	Lyùhnhahpgwok	聯合國
11	wàihcháan	遺產
12	cheunghōng	唱腔

3 附加詞彙

3.1 文藝節目與活動

騷	sōu	棟篤笑	duhngdūksiu
綜藝晚會	jungngaih máahnwúi	相聲	seungsīng
巡迴演唱會	chèuhnwùih yíncheungwúi	變臉	binlíhm
頒獎典禮	bāanjéung dínláih	花車遊行	fāchē yàuhhàhng
魔術	mōseuht	藝墟	ngaihhēui
馬戲	máhhei	闔家歡節目	hahpgāfūn jitmuhk

3.2 業餘愛好

畫畫	waahkwá	插花	chaapfā
攝影	sipyíng	捉棋	jūkkéi / jukkéi
陶藝	tòuhngaih	大富翁	daaihfuyūng
手作	sáujok	玩啤牌	wáan pēpái
夾 band	gaapbēn	滑板	waahtbáan
hip-hop	hīphōp	踩 roller	cháai lōulá
土風舞	tóufūngmóuh	做 gym	jouhjīm
睇大戲	tái daaihhei	瑜伽	yùhgā

3.3　樂器

小提琴	síutàihkàhm	二胡	yihwú
長笛	chèuhngdék	古箏	gújāng
雙簧管	sēungwòhnggún	琵琶	pèihpàh
圓號	yùhnhouh	簫	sīu
豎琴	syuhkàhm	揚琴	yèuhngkàhm
鋼琴	gongkàhm	嗩吶	sónaahp
結他	gittā	啲打	dīdá
手風琴	sáufūngkàhm	弓	gūng
鑼鼓	lòhgú	弦	yìhn

3.4　文化機構及演出場地

香港中樂團	Hēunggóng Jūngngohk Tyùhn
香港小交響樂團 香港小交	Hēunggóng Síu Gāauhéungngohk Tyùhn / Hēunggóng Síu Gāau
香港管弦樂團	Hēunggóng Gúnyìhnngohk Tyùhn
香港舞蹈團	Hēunggóng Móuhdouh Tyùhn
香港芭蕾舞團	Hēunggóng Bālèuihmóuh Tyùhn
香港歌劇院	Hēunggóng Gōkehk Yún
香港文化中心	Hēunggóng Màhnfa Jūngsām
大會堂	Daaihwuihtòhng
文娛中心	Màhnyùh jūngsām
香港體育館 紅館	Hēunggóng Táiyuhkgún / Hùhnggún

伊利沙伯體育館 伊館	Yīleihsābaak Táiyuhkgún / Yīgún
西九龍文娛藝術區	Sāi Gáulùhng Màhnyùh Ngaihseuht Kēui
藝穗會	Ngaihseuih Wúi
牛棚藝術村	Ngàuhpàahng Ngaihseuht Chyūn

3.5　香港古蹟及名勝

天后廟	Tīnhauh Míu
文武廟	Màhnmóuh Míu
舊上環街市	Gauh Seuhngwàahn Gāaisíh
缽甸乍街 石板街	Būt Dīn Ja Gāai / Sehkbáan Gāai
香港禮賓府	Hēunggóng Láihbānfú
香港大學本部大樓	Hēunggóng Daaihhohk Búnbouh Daaihlàuh
舊赤柱警署	Gauh Chekchyúh Gíngchyúh
尖沙咀鐘樓	Jīmsājéui Jūnglàuh
瑪利諾修院學校	Máhleihnohk Sāuyún Hohkhaauh
九龍城寨	Gáulùhngsìhngjaaih
張保仔洞	Jēung Bóu-jái Duhng
李鄭屋古墓	Léih-Jehng Ngūk Gúmouh
元朗鄧氏宗祠	Yùhnlóhng Dahng Sih Jūngchìh
東涌炮台	Dūngchūng Paautòih
望夫石	Mohng Fū Sehk

附加詞彙粵普對照表

廣東話	釋義
騷	演出，秀
闔家歡節目	老少皆宜的節目
手作	手工藝品製作
夾 band	玩樂隊
土風舞	民族舞
睇大戲	粵港地區指看粵劇
捉棋	下棋
玩啤牌	打撲克
踩 roller	滑旱冰
做 gym	健身
唖打	嗩吶的俗稱

4　語音練習：粵普聲母相異字例（6）

4.1　s-ch

隨	chèuih	隨時	chèuihsìh
似	chíh	相似	sēungchíh
賽	choi	比賽	béichoi
松	chùhng	松花江	Chùhngfā Gōng
速	chūk	速戰速決	chūkjin chūkkyut
塞	choi	要塞	yiuchoi

4.2 s-j

僧	jāng		僧侶	jāngléuih
寺	jí		寶蓮寺	Bóulìhn Jí
伺	jih		伺候	jihhauh
飼	jih		飼料	jihlíu
嗣	jih		後嗣	hauhjih
巳	jih		巳時	jihsìh
祀	jih		祭祀	jaijih
俗	juhk		習俗	jaahpjuhk
頌	juhng		頌詞	juhngchìh

4.3 sh-ch

奢	chē		奢侈	chēchí
設	chit		假設	gáchit
芍	cheuk		芍藥	cheukyeuhk
矢	chí		矢口否認	chíháu fáuyihng
曙	chyúh		曙光	chyúhgwōng
束	chūk		結束	gitchūk
刷	chaat		刷牙	chaatngàh

4.4 y-ng

眼	ngáahn		眼紅	ngáahn hùhng
顏	ngàahn		五顏六色	ńghngàahn luhksīk
硬	ngaahng		硬頸	ngaahng géng

雅	ngáh
銀	ngàhn
詣	ngaih
毅	ngaih
樂	ngohk
嶽	ngohk

雅典	Ngáhdín
銀行	ngàhnhòhng
造詣	choungaih
堅毅	gīnngaih
樂曲	ngohkkūk
五嶽	Nghngohk

4.5　y-w

尹	wáhn
永	wíhng
泳	wihng
穎	wihng
鬱	wāt
耘	wàhn
域	wihk
允	wáhn
韻	wáhn

府尹	fúwáhn
永遠	wíhngyúhn
游泳	yàuhwihng
聰穎	chūngwihng
憂鬱	yāuwāt
耕耘	gāang'wàhn
區域	kēuiwihk
允諾	wáhnnohk
音韻	yāmwáhn

5　情景説話練習

1. Chéng daaihgā gaaisiuhháh jihgéi gāhēung yáuh dahksīk ge chyùhntúng ngaihseuht waahkjé mànhfa wuhtduhng.　請大家介紹吓自己家鄉有特色嘅傳統藝術或者文化活動。

2. Chéng néih góngháh néih heuigwo bīngéigāan bokmahtgún, gaaisiuh néih yanjeuhng jeui sām

gógāan, tùhngmàaih néih hái gódouh só gindóu ge yéh.　請你講吓你去過邊幾間博物館，介紹你印象最深嗰間，同埋你喺嗰度所見倒嘅嘢。

3.　Fān goksīk gāngeui yíhhah chìhnggíng jeunhàhng deuiwah: Yáuh yātgo geijé fóngmahn Hēunggóng Ngaihseuhtjit ge fuhjaakyàhn, mahn kéuih gāmnìhn Ngaihseuhtjit ge sìhgaan, jitmuhk, dehngfēi ge chìhngyìhng tùhng yáuh bīndī chēutméng ge ngaihseuhtgā làih bíuyín.　分角色根據以下情景進行對話：有一個記者去訪問香港藝術節嘅負責人，問佢今年藝術節嘅時間、節目、訂飛嘅情形同有邊啲出名嘅藝術家嚟表演。

4.　Chéng jauh yíhhah géigo mahntàih faatbíu néihge gingáai: (1) Jūnggwokwá tùhng Sāiyèuhngwá hái fūnggaakseuhng yáuh mātyéh fānbiht; (2) Néih héifūn bīnjúng wá; (3) Yìhgā yáuhdī wá maaihdāk hóu gwai, néih gokdāk jihk m̀jihk; (4) Dímgáai wúih maaihdāk gam gwai.　請就以下幾個問題發表你嘅見解：（一）中國畫同西洋畫喺風格上有乜嘢分別；（二）你喜歡邊種畫；（三）而家有啲畫賣得好貴，你覺得值唔值；（四）點解會賣得咁貴。

5.　Hōngmàhnchyúh séung líuhgáai búngóng síhmàhn chāamyúh màhnfa wuhtduhng ge chìhngyìhng, kéuihdeih séung jīdou: (1) Bīnjúng màhnfa wuhtduhng jeui sauh síhmàhn fūnyìhng; (2) Dímgáai síhmàhn jūngyi nīdī wuhtduhng; (3) Síhmàhn juhng hēimohng yáuh dī mātyéh kèihtā ge màhnfa wuhtduhng. Chéng múihgo tùhnghohk hái fotòhng yahpbihn jouh nīgo diuhchàh, yìhnhauh heung chyùhnbāan bougou diuhchàh gitgwó.　康文署想了解本港市民參與文化藝術活動嘅情形，佢哋想知道：（一）邊種文化活動最受市民歡迎；（二）點解市民鍾意呢啲活動；（三）市民仲希望有啲乜嘢其他嘅文化活動。請每個同學喺課堂入便做呢個調查，然後向全班報告調查結果。

6.　Seigo tùhnghohk gāngeui yíhhah chìhnggíng jeunhàhng deuiwah: Néihge hohkyún séung gáau yātgo gwokjai màhnfa wuhtduhng, muhkdīk haih yiu daahtdou gokgo gwokgā tùhng deihkēui ge màhnfa gāaulàuh. Seigo bāan ge bāan doihbíu yātchàih sēunglèuhng tùhng gaiwaahk nīgo wuhtduhng ge jínláahm tùhng gokjúng jitmuhk.　四個同學根據以下情景進行對話：你嘅學院想搞一個國際文化活動，目的係要達到各個國家同地區嘅文化交流。四個班嘅班代表一齊商量同計劃呢個活動嘅展覽同各種節目。

7.　Sāamgo tùhnghohk gāngeui yíhhah chìhnggíng jeunhàhng deuiwah: Jēung táai yàuh sai jauh béi go jái A-Jeun hohk síutàihkàhm. Yìhgā A-Jeun jūnghohk bātyihp, séung yahp daaihhohk duhk yāmngohk, sahtyihn jouh yāmngohkgā ge muhngséung. Daahnhaih Jēung táai séung go jái jouh yīsāng, m̀séung kéuih duhk yāmngohk, yānwaih hohk yāmngohk jēunglòih wánm̀dóu chín. Jēung sīnsāang jauh yihng'wàih yīnggōi béi go jái jihgéi gáan. 三個同學根據以下情景進行對話：張太由細就俾個仔阿俊學小提琴。而家阿俊中學畢業，想入大學讀音樂，實現做音樂家嘅夢想。但係張太想個仔做醫生，唔想佢讀音樂，因為學音樂將來搵唔倒錢。張先生就認為應該俾個仔自己揀。

第7課 了解草根民生

1 課文

羅馬拼音	廣東話
Gwok-fāi haih jūngluhk hohksāang, kéuih tùhng gāyàhn yātgā chàhtáu jyuhhái Chìhwàhnsāan ge jingfú gūng'ūk, pìhngyaht yātgā yàhn sēungchyúhdāk hóu yùhnghāp. Kéuihdeih ńgh hīngdaihjímuih gogo dōu sāangsing, haauseuhn, duhksyū kàhnlihk, jī hāan sīk gihm. Góyaht kéuih jing hái ūkkéi wānsyū, jéunbeih yingfuh háausi, fātyìhn yáuh yàhn hōimùhn yahplàih, yùhnlòih haih kéuih màhmā.	國輝係中六學生，佢同家人一家七口住喺慈雲山嘅政府公屋，平日一家人相處得好融洽。佢哋五兄弟姊妹個個都生性、孝順、讀書勤力、知慳識儉。嗰日佢正喺屋企溫書，準備應付考試，忽然有人開門入嚟，原來係佢媽媽。
Gwok-fāi:	國輝：
Mā, Néih gāmyaht m̀sái fāangūng mē?	媽，你今日唔使返工咩？
Màhmā:	媽媽：
Hàaih! Ngóh gāmyaht gokdāk tàuhchekchek, jāusān hing, hónàhng haih gámmouh lā, sóyíh chéngga fāanlàih, seuhnbín hái gāaiháu gógāan yeuhkchòihpóu jāpjó bāau gámmouh chàh fāanlàih bōu.	唉！我今日覺得頭赤赤，周身燅，可能係感冒啦，所以請假返嚟，順便喺街口嗰間藥材舖執咗包感冒茶返嚟煲。
Gwok-fāi:	國輝：
Gámmouh chàh meihbīt yáuhhaauh ge, bātyùh ngóh pùih néih heui tái sāiyī lā!	感冒茶未必有效嘅，不如我陪你去睇西醫啦！
Màhmā:	媽媽：
M̀sái la, síu sih jē. Yīsāng fai hóu gwai ga. Ngóh gāmyaht chéngga, lóuhbáan juhng wah yiu kau ngóh yàhngūng tīm! M̀tūng behng dōu m̀dāk mē!	唔使嘑，小事啫！醫生費好貴㗎。我今日請假，老闆仲話要扣我人工添！唔通病都唔得咩！

羅馬拼音	廣東話
Gwok-fāi:	國輝：
Mā, syun bá lā! M̀hóu gīkhei, chyùhn saigaai ge lóuhbáan dōu haih gám ge la. Néih bātyùh m̀hóu jouh, táuháh bá lā. Dākhàahn sáháh taaigihk, tùhng dī gāaifōng dáháh ngàhgaau hóugwo lā.	媽，算罷啦！唔好激氣，全世界嘅老闆都係噉嘅嘛。你不如唔好做，唞吓罷啦。得閒耍吓太極，同啲街坊打吓牙骹好過啦。
Màhmā:	媽媽：
Ngóh yáuhsáu yáuhgeuk, hàahngdāk yūkdāk, mòuhwaih yātyaht hái ūkkéi faat ngauhdauh ā. Hòhfong ngóh múihyaht jíhaih heui chàhlàuh maaih géigo jūngtàuh dímsām jē. Juhng yáuh, ngóh m̀sédāk yātbāan yáuh góng yáuh siu ge gūngyáuh.	我有手有腳，行得郁得，無謂一日喺屋企發吓吽哟吖。何況我每日只係去茶樓賣幾個鐘頭點心啫。仲有，我唔捨得一班有講有笑嘅工友。
Ngóh dahng néihdeih bàhbā sānfú ja! Yātyaht dou máahn wanhái ga dīksí léuihbihn, sihk mòuh dihngsìh, yáuhsìh séung daaih síubihn dōu hóu nàahn wándóu chisó. Kéuih jājó géisahp nìhn dīksí, ngàaihdou yáuh waihbehng. Bātgwo kéuih chèuihjó go waih yáuh dī mòuhbehng, sāntái móuh māt daaihngoih, dōu syun toklaaih.	我戥你哋爸爸辛苦咋！一日到晚困喺架的士裏便，食無定時，有時想大小便都好難搵倒廁所。佢揸咗幾十年的士，捱到有胃病。不過佢除咗個胃有啲毛病，身體冇乜大礙，都算托賴。
Gwok-fāi:	國輝：
Mā, néih m̀sái dāamsām kéuihge gihnhōng wo. Kéuih go yàhn gam lohkgūn, fàahnsih dōu táidāk hōi, go yéung béi kéuihge nìhnlìhng hauhsāangdāk dō. Kéuih yauh ging yihp lohk yihp, yàhnyùhn yauh hóu, lóuhbáan, tùhngsih tùhng dī daaphaak dōu jaan kéuih gé.	媽，你唔使擔心佢嘅健康喎。佢個人咁樂觀，凡事都睇得開，個樣比佢嘅年齡後生得多。佢又敬業樂業，人緣又好，老闆、同事同啲搭客都讚佢嘅。
Dihnwá héung, màhmā làhlásēng heui tēng dihnwá. Yùhnlòih haih Gwok-fāi ge gòhgō Gwok-wàh dá fāanlàih ge. Gwok-wàh bātyihp móuh géinói, yìhgā hái yātgāan jēuntip jūnghohk gaau souhohk.	電話響，媽媽嘩嘩聲去聽電話。原來係國輝嘅哥哥國華打返嚟嘅。國華畢業冇幾耐，而家喺一間津貼中學教數學。
Gwok-wàh:	國華：
Wéi, A-Mā àh? Ngóh haih Gwok-wàh a! Ngóh gāmmáahn yiu chìhdī fāan. Ngóh bāan hohksāang làahmkàuh béichoi yèhngjó, yiu ngóh tùhng kéuihdeih yātchàih heui sihk Gāhēunggāi hingjūk wóh.	喂，阿媽呀？我係國華呀！我今晚要遲啲返。我班學生籃球比賽贏咗，要我同佢哋一齊去食家鄉雞慶祝喎。

羅馬拼音	廣東話
Màhmā: Táijyuh sìhgaan fāanlàih bo, daaihgā dáng néih sihkfaahn ga.	媽媽： 睇住時間返嚟嘞，大家等你食飯㗎。
Màhmā sāujó sin, laahmfāan tìuh wàihkwán, yahp chyùhfóng jyúfaahn.	媽媽收咗線，攬返條圍裙，入廚房煮飯。
Chātdím lèhng jūng, Gwok-wàh fāanlàih la, tùhng sailóu gónghéi làahmkàuh béichoi ge chìhngyìhng, góngdou mèihfēi sīkmóuh.	七點零鐘，國華返嚟嘞，同細佬講起籃球比賽嘅情形，講到眉飛色舞。
Gwok-wàh: Chèuhng béichoi jānhaih jīngchói la! Ngóhdeih ge gōulóu sehláam jānhaih sáidāk, jīsai lengdou baau. Búnlòih ngóhdeih syúgán ge, chyùhnkaau kéuih sehyahp yātgo sāamfānbō, ngóhdeih sīnji fáan baaih wàih sing ja.	國華： 場比賽真係精彩嘞！我哋嘅高佬射籃真係使得，姿勢靚到爆。本來我哋輸緊嘅，全靠佢射入一個三分波，我哋先至反敗為勝咋。
Gwok-fāi: Yihgō, néih yahpjīk géigo yuht, jouhsèhng dím a?	國輝： 二哥，你入職幾個月，做成點呀？
Gwok-wàh: Gaausyū dōu géi āam ngóh. Sēuiyìhn ngóhdeih hohkhaauh sāu ge hohksāang dōu haih hái gūng'ūk daaih ge, dī gājéung dōu haih chóugán gāaichàhng, m̀sīk fuhdouh jáinéui ge gūngfo, daahnhaih dī sailouh daaih bouhfahn dōu háng kàhnlihk duhksyū, hóu sāangsing, yáuhsìh juhng hóu sīkdāk tam yàhn hōisām.	國華： 教書都幾啱我。雖然我哋學校收嘅學生都係公屋大嘅，啲家長都係草根階層，唔識輔導仔女嘅功課，但係啲細路大部分都肯勤力讀書，好生性，有時仲好識得啲人開心。
Bātgwo dōuyáuh síu bouhfahn hohksāang yauh láahn yauh baakyim, séuhngtòhng m̀tēngsyū, áanghaih jūngyi tùhng gaaklèih jìhjī jàhmjàhm, háidouh gáaugáaujan. Séung yeuk kéuihdeih ge gājéung ginháhmihn, dī gājéung yauh tēui sāam tēui sei, wah jihgéi hóu mòhng, móuh sìhgaan làih hohkhaauh. Deuijyuh nīdī hohksāang, jānhaih tàuhtung.	不過都有小部分學生又懶又百厭，上堂唔聽書，硬係鍾意同隔籬吱吱斟斟，喺度搞搞震。想約佢哋嘅家長見吓面，啲家長又推三推四，話自己好忙，冇時間嚟學校。對住呢啲學生，真係頭痛。

羅馬拼音	廣東話
Màhmā: Yáih gódī nē, gaaudāk kéuih tēng, dōngyìhn haih jeui hóu lā, yeuhkgwó m̀haih, seuhn kèih jihyìhn lā, jí yiu néih jouh lóuhsī ge jeuhnjó búnfahn jauh dāk la. … Hōifaahn la!	媽媽： 哎嗰啲呢，教得佢聽，當然係最好啦，若果唔係，順其自然啦，只要你做老師嘅盡咗本分就得嘑。……開飯嘑！
Gwok-fāi: Mā, dāk ngóhdeih sāamgo yàhn jàh?	國輝： 媽，得我哋三個人咋？
Màhmā: Bàhbā jā yehgāng, m̀fāanlàih sihk. Daaih gājē yiu hōigūng, daaihlóu daaityùhn heuijó Bākgīng.	媽媽： 爸爸揸夜更，唔返嚟食。大家姐要開工，大佬帶團去咗北京。
Gwok-fāi: Daaih gājē haih jauh haih āamāam sīngjó jouh faaichāandim gīngléih, bātgwo jouhyéh dōu m̀sái gam bok gá. Múih máahn m̀dou sahpyih dím dōu m̀sāudāk gūng, gahnpáai lohksaai yìhng.	國輝： 大家姐係就係啱啱升咗做快餐店經理，不過做野都唔使咁搏㗎。每晚唔到十二點都唔收得工，近排落晒形。
Gwok-wàh: Daaih gājē jihsai jauh sìhnggo néuih kèuhng yàhn gám, kéuih jouhsih yihngjān dou móuhdāktàahn gé. Yìhché faaichāan yihp gihngjāng gīkliht, m̀jí yiu bóujing dī yéh āam guhaak ge háumeih, juhng yiu m̀tìhng gám nám dī sān choisīk chēutlàih, gám dī haak sīnji wúih fāanjyuntàuh bōngchan. Néih yáuhmóuh tēng sānmán wah lìhnsó faaichāandim seukgáam yàhnsáu a? Dī yùhn'gūng jouhyéh jouhdou teksaai geuk, gám néih gīngléih yeuhngyeuhng yéh chān lihk chān wàih, mātyéh dōu lohksáu lohkgeuk jouh, hahbihn dī yàhn sīn wúih paak ngaahng dong gā máh.	國華： 大家姐自細就成個女強人噉，佢做事認真到冇得彈嘅。而且快餐業競爭激烈，唔止要保證啲野啱顧客嘅口味，仲要唔停噉諗啲新菜式出嚟，噉啲客先至會返轉頭幫襯。你有冇聽新聞話連鎖快餐店削減人手呀？啲員工做野做到踢晒腳，噉你經理樣樣野親力親為，乜野都落手落腳做，下便啲人先會拍硬檔㗎嘛。

羅馬拼音	廣東話
Màhmā:	**媽媽：**
Haih a, daaihlóu làhm séuhngheui jīchìhn sīn tùhng ngóh wah, hái yìhgā gāan léuihhàhngséh jouhdāk m̀hōisām. Dáisān yauh dāi, lóuhsai yauh hāakbohk, dī haak yáuhsìh dōu m̀hhaih gam góng douhléih, wah séung m̀lōu wóh. Ngóh hyun kéuih, yìhgā síhdouh m̀hóu, hóudō gūngsī jāplāp, hóudōyàhn dōu móuh gūng hōi, giu kéuih jouhjyuh sīn, kèh ngàuh wán máh lō…	係呀，大佬臨上去之前先同我話，喺而家間旅行社做得唔開心。底薪又低，老細又刻薄，啲客有時都唔係咁講道理，話唔想撈喎。我勸佢，而家市道唔好，好多公司執笠，好多人都冇工開，叫佢做住先，騎牛搵馬囉……
Gwok-wàh dahtyìhn jíjyuh dihnsih, hóu hīngfáhn gám daaihsēng giu:	國華突然指住電視，好興奮噉大聲叫：
Néihdeih tái! Mùihmúi a! Kéuih dōu heui chāamgā yàuhhàhng sihwāi wo!	你哋睇！妹妹呀！佢都去參加遊行示威喎！
Màhmā:	**媽媽：**
Ai yáh! Māt kéuih jānhaih heui sihwāi àh? Yàhn gam dō, yauh gam lòuhhei, hóu yùhngyih yáuh sih ga. Yātgo m̀gokyi béi yàhn úngdit, cháaichān jauh baih la!	哎吔！乜佢真係去示威呀？人咁多，又咁勞氣，好容易有事㗎。一個唔覺意俾人擁跌、踩親就弊㗎！
Gwok-wàh:	**國華：**
Mā, a-múi sēuiyìhn jídāk sahpbaat seui, juhnghaih wuhsih hohksāang, daahnhaih kéuih pìhngyaht jouhsih hóu yáuh fānchyun ge.	媽，阿妹雖然只得十八歲，仲係護士學生，但係佢平日做事好有分寸嘅。
Gwok-fāi:	**國輝：**
Jouhdāk āam a! Jingfú gāmnìhn daaih fūkdouh seukgáam wuhsih yàhnsáu, yātdihng wúih yínghéung Hēunggóng ge yīlìuh fuhkmouh jātsou, m̀jí behngyàhn sauhhoih, wuhsih ge gūngjokleuhng ganggā baak seuhng gā gān.	做得啱呀！政府今年大幅度削減護士人手，一定會影響香港嘅醫療服務質素，唔止病人受害，護士嘅工作量更加百上加斤。

羅馬拼音	廣東話
Gwok-wàh: Haih lō! Wuhsih ge gūngjok, yauh sānfú yauh ngàihhím, sānséui m̀gindāk gōu wo, yauh hóu nàahn yáuh jeunsāu gēiwuih, gám dím nàhnggau kāpyáhndóu nìhnchīngyàhn yahphòhng nē?	國華： 係囉！護士嘅工作，又辛苦又危險，薪水唔見得高喎，又好難有進修機會，噉點能夠吸引倒年青人入行呢？
Màhmā: Néihdeih dī hauhsāangjái, júnghaih jūngyi póuh dá bātpìhng ge. Hóu la, máih gwajyuh faat yíhleuhn la, faaidī sihkmàaih chāan faahn lā!	媽媽： 你哋啲後生仔，總係鍾意抱打不平嘅。好喇，咪掛住發議論嘛，快啲食埋餐飯啦！

語法語義註釋

☞　罷啦　句末雙音節助詞，表達委婉的祈使語氣，有提議和勸告的意味。課文中"算罷啦"意思是"算了吧"，"你不如唔好做罷啦"意思是"你不如別幹了"。又如"我哋唔熟呢區，問人罷啦。"（"我們不熟悉這區，不如問人吧。"）

☞　做成點呀？　做得怎麼樣？

☞　冇得彈　"彈"的意思是"批評"，"冇得彈"意思即"無可挑剔"，例如："今次旅行點呀？冇得彈！"（"這次旅行怎麼樣？太完美了！"）又如："呢部電視嘅畫面靚到冇得彈。"（"這台電視的畫面完美無瑕。"）

文化背景註釋

☞　津貼中學　按辦學主體和資金來源分，香港的中學主要分為以下幾種：（一）由社會團體或私人機構開辦而由政府資助的"津貼中學"（官方名稱為"資助中學"）；（二）同樣由非官方機構開辦、接受政府資助，但資助方式不同的"直資中學"；（三）私立中學；（四）政府自己開辦的官立中學。最多的是津貼中學。

2　詞語

2.1　生詞

	廣東話		釋義
1	sāangsing	生性	（小孩或年青人）聽話，懂事，乖
2	jī hāan sīk gihm	知慳識儉	懂得節儉
3	tàuhchekchek	頭赤赤	頭有點兒疼
4	jāp	執	抓（藥）
5	chàh	茶	中藥；茶
6	m̀tūng	唔通	難道
7	sá taaigihk	耍太極	打太極拳
8	dá ngàhgaau	打牙骹	閒聊
9	mòuhwaih	無謂	沒必要
10	yātyaht	一日	整天；一天
11	faat ngauhdauh	發吽哣	發呆，發楞
12	dahng	戥	替
13	toklaaih	託賴	託您的福；謝天謝地
14	sāusin	收線	掛電話
15	sehláam	射籃	投籃
16	sáidāk	使得	管用，行
17	sailouh(jái)	細路（仔）	小孩子

	廣東話		釋義
18	baakyim	百厭	淘氣
19	gáaugáaujan	搞搞震	搗蛋
20	tam	咚	哄
21	yáih	曳	不乖
22	yehgāang / yehbāan	夜更 / 夜班	夜班
22.1	yahtgāang / yahtbāan	日更 / 日班	日班
22.2	dōnggāang / dōngjihk	當更 / 當值	當班，值班
22.3	lèuhn'gāang / lèuhnbāan	輪更 / 輪班	輪班，倒班
23	sāugūng	收工	下班
24	lohksaaiyìhng	落晒形	瘦了很多，憔悴了很多
25	fāan jyun tàuh	返轉頭	回頭，回來
26	jouhdou teksaai geuk	做到踢晒腳	忙不過來
27	lohksáu lohkgeuk	落手落腳	親自動手
28	paak ngaahng dong	拍硬檔	通力合作；幫個忙吧；合作點
28.1	paakdong	拍檔	搭檔；搭檔的人
29	hāakbohk	刻薄	苛刻而吝嗇
30	lōu	撈	幹活賺錢
31	jāplāp	執笠	倒閉
32	m̀gokyi	唔覺意	不留神
33	baak seuhng gā gān	百上加斤	（負擔）更加沉重

2.2　難讀字詞

1	yùhnghāp	融洽
2	haauseuhn	孝順
3	hòhfong	何況
4	wan / kwan	困
5	ging yihp ngaauh yihp / ging yihp lohk yihp	敬業樂業
6	hingjūk	慶祝
7	chóugān gāaichàhng	草根階層
8	yeuhkgwó	若果
9	seukgáam	削減
10	hyun	勸

3　附加詞彙

3.1　香港區名

薄扶林	Bok Fuh Làhm	大埔	Daaih Bou
半山區	Bunsāan Kēui	紅磡	Hùhng Ham
赤柱	Chek Chyúh	鰂魚涌	Jāk Yùh Chūng
慈雲山	Chìh Wàhn Sāan	將軍澳	Jēung Gwān Ou
荃灣	Chyùhn Wāan	佐敦	Jó Dēun

鑽石山	Jyun Sehk Sāan	筲箕灣	Sāau Gēi Wāan
離島	Lèihdóu	屯門	Tyùhn Mùhn
馬鞍山	Máh Ōn Sāan	油麻地	Yàuh Màh Déi
跑馬地	Páau Máh Déi		

3.2　描寫性格

樂觀	lohkgūn	唔識做	m̀sīkjouh
悲觀	bēigūn	勤力	kàhnlihk
睇得開	táidākhōi	孝順	haauseuhn
睇唔開	táim̀hōi	乖	gwāai
外向	ngoihheung	調皮	tiupèih
內向	noihheung	硬頸	ngaahnggéng
cool	kū	細膽	saidáam
串 / 寸	chyun	怕醜	pacháu
高竇	gōudau	八卦	baatgwa
好易話為	hóuyih wahwàih	孤寒	gūhòhn
識做	sīkjouh	好動	houduhng
識 do	sīkdū	好勝	housing

3.3　描寫人的心理

開心	hōisām	激氣	gīkhei
嬲	nāu	火滾	fógwán

驚喜	gīnghéi	勞氣	lòuhhei
驚	gēng	悶	muhn
怕	pa	傷心	sēungsām
憎	jāng	無奈	mòuhnoih
憂鬱	yāuwāt	得戚	dākchīk
擔心	dāamsām	招積	jīujīk
煩	fàahn	灰	fūi

附加詞彙粵普對照表

廣東話	釋義
睇得開	看得開
睇唔開	看不開
cool	酷；冷漠
串／寸	囂張
高竇	傲慢，看不上別人
好易話為	很容易説話，好商量
識做	識時務，識趣
識 do	識時務，識趣
唔識做	不識時務，不識趣
勤力	勤奮

廣東話	釋義
硬頸	固執
細膽	膽小
怕醜	害羞
八卦	好打聽，愛管閒事；愛搬弄是非
孤寒	吝嗇
激氣	非常生氣；令人非常生氣的
火滾	暴怒
勞氣	生氣
得戚	沾沾自喜
招積	自大，招搖
灰	沮喪

4 語音練習：粵普聲母相異字例（7）

4.1 x-ch

尋	chàhm		找尋	jáauchàhm
臭	chau		臭味相投	chaumeih sēungtàuh
斜	che		斜路	chelóu
斜	chèh		斜坡	chèhbō
邪	chèh		邪不能勝正	chèh bātnàhng sing jing

詳	chèuhng		詳細	chèuhngsai
祥	chèuhng		十三不祥	sahpsāam bātchèuhng
肖	chiu		不肖子	bātchiují

4.2　x-f

訓	fan		教訓	gaaufan
勳	fān		功勳	gūngfān
熏	fān		熏陶	fāntòuh
燻	fān		燻黑	fānhāak

4.3　x-h

蝦	hā		蝦餃	hāgáau
陷	hahm		陷阱	hahmjehng
限	haahn		限期	haahnkèih
閒	hàahn		閒言閒語	hàahnyìhn hàahnyúh
蟹	háaih		大閘蟹	daaihjaahpháaih
鞋	hàaih		波鞋	bōhàaih
嚇	haak		嚇死人	haakséiyàhn
校	haauh		校訓	haauhfan
下	hah		下晝	hahjau
行	hàhng		行政	hàhngjing
夏	hah		夏威夷	Hahwāiyìh
幸	hahng		幸運兒	hahng'wahnyìh

系	haih	系主任	haihjyúyahm
靴	hēu	皮靴	pèihhēu
虛	hēui	空虛	hūnghēui
墟	hēui	大埔墟	Daaihbou Hēui
許	héui	允許	wáhnhéui
栩	héui	栩栩如生	héuihéui yùhsāng
香	hēung	香蕉	hēungjīu
鄉	hēung	鄉下人	hēungháyàhn
響	héung	響應	héungying
險	hím	險象環生	hímjeuhng wàahnsāng
軒	hīn	氣宇軒昂	heiyúh hīnngòhng
顯	hín	顯而易見	hínyìh yih gin
獻	hin	獻殷勤	hinyānkàhn
興	hing	興高采烈	hinggōu chóiliht
學	hohk	學術	hohkseuht
熊	hùhng	熊貓	hùhngmāau
匈	hūng	匈牙利	Hūngngàhleih
胸	hūng	胸有成竹	hūngyáuh sìhngjūk

4.4　x-j

習	jaahp	練習	lihnjaahp
謝	jeh	謝恩	jehyān
象	jeuhng	印象	yanjeuhng
序	jeuih	序幕	jeuihmohk

夕	jihk
席	jihk
續	juhk

除夕	chèuihjihk
主席	jyújihk
繼續	gaijuhk

4.5　x-y

釁	yahn
嫌	yìhm
現	yihn
賢	yìhn
弦	yìhn / yùhn
形	yìhng
縣	yuhn
穴	yuht
旭	yūk

挑釁	tīuyahn
嫌疑	yìhmyìh
現金	yihn'gām
賢淑	yìhnsuhk
弦樂	yìhnngohk
情形	chìhngyìhng
縣市	yuhn síh
穴道	yuhtdouh
旭日	yūkyaht

5　情景說話練習

1.　Néih béigaau jūngyi fāangūng yīkwaahk fāanhohk a? Chéng néih góngháh fāangūng tùhng fāanhohk ge fú yúh lohk.　你比較鍾意返工抑或返學呀？請你講吓返工同返學嘅苦與樂。

2.　Néih yihng'wàih Gwok-fāi ge jèhjē ge jouhsih ge taaidouh dímyéung nē? Néihdeih wúih m̀wúih hóuchíh kéuih gámyéung jouhgūng a? Dímgáai nē?　你認為國輝嘅姐姐嘅做事嘅態度點樣呢？你哋會唔會好似佢噉樣做工呀？點解呢？

3.　Néih gokdāk wuhsih ge gūngjok haih m̀haih hóu yáuh yiyih nē? Néih yáuh móuh hingcheui jouh wuhsih a? Dímgáai nē? 你覺得護士嘅工作係唔係好有意義呢？你有冇興趣做護士呀？點解呢？

4. Hēunggóng ge dihnlihk gūngsī jéunbeih gā dihnfai, yātpāi síhmàhn heui gūngsī kongyíh. Dihnlihk gūngsī paaijó léuhnggo doihbíu jipdoih síhmàhn doihbíu, tùhng kéuihdeih gáaisīk dímgáai yiu gā dihnfai; yìh síhmàhn doihbíu jauh fáanbok gāga ge léihyàuh, bíudaahtjó deui dihnlihk gūngsī ge bātmúhn. Chéng seigo tùhnghohk wàih yātjóu, gāngeui seuhngmihn ge chìhnggíng jeunhàhng deuiwah. 香港嘅電力公司準備加電費，一批市民去公司抗議。電力公司派咗兩個代表接待市民代表，同佢哋解釋點解要加電費；而市民代表就反駁加價嘅理由，表達咗對電力公司嘅不滿。請四個同學為一組，根據上面嘅情景進行對話。

5. Jingfú pāijéun chīngchaak yāttìuh yáuh baakgéi nìhn lihksí ge gāaidouh, gódouh ge gēuimàhn yihkdōu jēung wúih mihnlàhm būnchīn. Yātgo màhngāan jóujīk kyutdihng heung síhmàhn sáujaahp chīmméng, jójí chīngchaak. Jóujīk ge doihbíu jēung hái chīmméng yihnchèuhng faatbíu yínsyut, fūyuh síhmàhn jīchìh néihdeih ge hàhngduhng. Chéng sei ji nghgo tùhnghohk jóusìhng yātjóu, yātchàih chóuyíh yínsyutgóu. Jīhauh syúnchēut yātgo doihbíu heung chyùhnbāan faatbíu yínsyut. 政府批准清拆一條有百幾年歷史嘅街道，嗰度嘅居民亦都將會面臨搬遷。一個民間組織決定向市民搜集簽名，阻止清拆。組織嘅代表將喺簽名現場發表演說，呼籲市民支持你哋嘅行動。請四至五個同學組成一組，一齊草擬演說稿。之後選出一個代表向全班發表演說。

6. Fānjóu bihnleuhn: Séuhng gāai yàuhhàhng sihwāi haih m̀haih bíudaaht jihgéi ge bātmúhn tùhng jāngchéui kyùhnyīk ge hóu baahnfaat? 分組辯論：上街遊行示威係唔係表達自己嘅不滿同爭取權益嘅好辦法？

7. Gāngeui hahmihn chìhnggíng jeunhàhng deuiwah: Yātgāan faaichāandim jeuigahn sāangyi m̀haih géi hóu, gīngléih tùhng géigo jīkyùhn hōiwúi, gímtóu gahnlòih ge gīngyìhng johngfong tùhng tàihchēut góijeun baahnfaat. 根據下面嘅情景進行對話：一間快餐店最近生意唔係幾好，經理同幾個職員開會，檢討近來嘅經營嘅狀況同提出改進辦法。

第 8 課 關注環境保護

1 課文

羅馬拼音	廣東話
Chàhn sāang hái daaihluhk ge jahtnéui Chàhn Waih-jān, jeuigahn tùhng sīnsāang Hòh Houh-yìhn làih Hēunggóng taam baakfuh, baaknèuhng, námjyuh hái douh jyuh géiyaht ji jáu. Daaihgā hóunoih móuh gin, dōu gokdāk dahkbiht hōisām.	陳生係大陸嘅姪女陳惠珍,最近同先生何浩然嚟香港探伯父、伯娘,諗住喺度住幾日至走。大家好耐冇見,都覺得特別開心。
Daihyāt máahn, hóu yeh làuhhah ge daaihpàaihdong juhng hóu chòuh, Waih-jān léuhnggo dōu fanm̀jeuhk. Jīujóu meihdou chātdím jauh béi dī chēsēng chòuhséngjó. Baatdímjūng, kéuihdeih chēut faahntēng tùhng baakfuh, baaknèuhng sihk jóuchāan.	第一晚,好夜樓下嘅大牌檔仲好嘈,惠珍兩個都瞓唔着。朝早未到七點就俾啲車聲嘈醒咗。八點鐘,佢哋出飯廳同伯父、伯娘食早餐。
Baaknèuhng:	伯娘:
Dím a? Kàhmmáahn fandāk hóu m̀hóu a?	點呀?噚晚瞓得好唔好呀?
Waih-jān:	惠珍:
Gāan fóng hóu syūfuhk, bātgwo chēutbihn ge chouyām géi sāileih...	間房好舒服,不過出便嘅噪音幾犀利……
Wah háu meih yùhn, Waih-jān yātlìhn dájó sahpgéigo hātchī.	話口未完,惠珍一連打咗十幾個乞嗤。
Baaknèuhng:	伯娘:
Waih-jān, néih haih m̀haih dung a? Jeukfāan gihn sāam lā.	惠珍,你係唔係凍呀?着返件衫啦。

羅馬拼音	廣東話
Waih-jān: M̀haih, máhn'gám jē. Ngóh hái ūkkéi dōu haih gám ge, yātján sihk nāp yeuhk jauh móuhsih ge la.	惠珍： 唔係，敏感啫。我喺屋企都係噉嘅，一陣食粒藥就冇事嘅嘑。
Baakfuh: Hēunggóng yàhndō chēdō, wūyíhm yìhmjuhng, sóyíh hóudō yàhn yáuh beihmáhngám tùhng hāauchyún. Jyuhhái gāaungoih jauh wúih hóudī. Néihdeih hái góbihn jyuhgwaanjó hūnghei yauh hóu yauh yāujihng ge wàahngíng, làihdou jauh m̀haih géi gwaan ge la.	伯父： 香港人多車多，污染嚴重，所以好多人有鼻敏感同哮喘。住喺郊外就會好啲。你哋喺嗰便住慣咗空氣又好又幽靜嘅環境，嚟到就唔係幾慣嘅嘑。
Houh-yìhn: Ngóhdeih hái nīdouh jyuh géiyaht m̀wúih yáuh mātyéh mahntàih gé. Baaknèuhng, sihkyùhn jóuchāan jīhauh, néih haih m̀haih heui gāaisíh máaihsung a? Ngóhdeih séung gān néih heui táiháh.	浩然： 我哋喺呢度住幾日唔會有乜嘢問題嘅。伯娘，食完早餐之後，你係唔係去街市買餸呀？我哋想跟你去睇吓。
Baaknèuhng: Gāmyaht ngóh séung daai néihdeih chēutheui hàahngháh, m̀hái ūkkéi sihk. Bātgwo yùhgwó néihdeih séung heui gāaisíh hàahngháh ge, ngóh dōu hóyíh tùhng néihdeih heui, máaihdihng dī jyūyuhk tīngjīu bōujūk sihk dōu hóu gé.	伯娘： 今日我想帶你哋出去行吓，唔喺屋企食。不過如果你哋想去街市行吓嘅，我都可以同你哋去，買定啲豬肉聽朝煲粥食都好嘅。
Baakfuh: Yātjahngāan lómàaih dī gāaujēun chēutheui, seuhnsáu dámmàaih kéuih.	伯父： 一陣間攞埋啲膠樽出去，順手揼埋佢。
Waih-jān gokdāk hóu chēutkèih, mahn baakfuh:	惠珍覺得好出奇，問伯父：
Māt gāaujēun yiu lóchēut chēutbihn dám ge mē?	乜膠樽要攞出出便揼嘅咩？

羅馬拼音	廣東話
Baakfuh: Óh, yānwaih Hēunggóng jingfú hóujóu jauh gúlaih laahpsaap fānleuih, jīkhaihwah faijí, gāaujēun tùhng léuihgun yiu fānhōi jāiyahp wùihsāusēung, yuhnglàih chèuhnwàahn joijouh. Daahnhaih ngóhdeih joh daaihhah móuh wùihsāusēung, ngóhdeih maih chóuhmàaih chóuhmàaih lóchēutheui dám lō. Bātgwo nīdī gauh dihnsām jauh m̀jī dám heui bīn.	伯父： 哦，因為香港政府好早就鼓勵垃圾分類，即係話廢紙、膠樽同鋁罐要分開擠入回收箱，用嚟循環再造。但係我哋座大廈冇回收箱，我哋咪措埋措埋攞出去揼囉。不過呢啲舊電芯就唔知揼去邊。
Ngóhdeih chēutgāai juhng wúih daaijyuh wàahnbóudói hái sān. Yānwaih móuh géinói jīchìhn, jingfú hōichí sāu gāaudói seui, hái chīukāp síhchèuhng máaihyéh, yùhgwó yiu gāaudói, yātgo yiu ńgh hòuhjí. Mohk góng yiu béi chín, jauhsyun m̀sái chín, dōu hāandāk jauh hāan lā.	我哋出街仲會帶住環保袋喺身。因為有幾耐之前，政府開始收膠袋稅，喺超級市場買嘢，如果要膠袋，一個要五毫子。莫講要俾錢，就算唔使錢，都慳得就慳啦。
Kéuihdeih heuidou fuhgahn yātgo béigaau gauh ge gāaisíh. Gāaisíh chìhnbihn yáuh hóu dō síufáan báaidong maaihyéh, bōngchan ge yàhn juhng m̀síu tīm. Yānwaih síufáan taai dō, sóyíh gódouh yauh lyuhn yauh wūjōu, yàuhkèihsih hāangkèuih seiwàih, chaubāngbāng, wūyīng fēilàih fēiheui.	佢哋去到附近一個比較舊嘅街市。街市前便有好多小販擺檔賣嘢，幫襯嘅人仲唔少添。因為小販太多，所以嗰度又亂又污糟，尤其是坑渠四圍，臭崩崩，烏蠅飛嚟飛去。
Fātyìhn yáuh yàhn daaihsēng aai, "Jáugwái a!" Dī síufáan jauh tēuijyuh dī chējái bihnglīngbàhmlàhm gám heung gāaiméih góbihn jáu gwoheui. Yáuh yātgo juhng únglamjó géigo choisēung. Yùhnlòih hauhbihn yáuh ga daaih chē sáigwolàih tìhngháidouh. Yáuh géigo jáudāk maahndī ge síufáan, jauh béi géigo jeuk jaifuhk ge yàhn lāaijó séuhngchē. Houh-yìhn mahn:	忽然有人大聲嗌："走鬼呀！"啲小販就推住啲車仔砰拎嘭冷噉向街尾嗰便走過去。有一個仲擁冧咗幾個菜箱。原來後便有架大車駛過嚟停喺度。有幾個走得慢嘅小販，就俾幾個著制服嘅人拉咗上車。浩然問：
Mē sih gam daaihjahnjeuhng a?	咩事咁大陣仗呀？

羅馬拼音	廣東話
Baaknèuhng:	伯娘：
Mòuhpàaih síufáan jógāai, Síufáan gúnléih déui yiu lāai kéuihdeih.	無牌小販阻街，小販管理隊要拉佢哋。
Houh-yìhn:	浩然：
Gám kéuihdeih basaai tìuh gāai, jójyuh dī yàhn hàahnglouh, yauh jānhaih géi hātyàhnjāng gé.	嗽佢哋霸晒條街，阻住啲人行路，又真係幾乞人憎嘅。
Baaknèuhng:	伯娘：
Gāján dī poujōu gam gwai, hóudō yàhn waihjó wán léuhng chāan, móuh faatjí sīnji jouh mòuhpàaih síufáan ge jē.	家陣啲鋪租咁貴，好多人為咗搵兩餐，冇法子先至做無牌小販嘅啫。
Houh-yìhn:	浩然：
Gódī lāaijó ge yàhn, sái m̀sái chóhgāam ga?	嗰啲拉咗嘅人，使唔使坐監㗎？
Baakfuh:	伯父：
Dōsou fahtchín ge jē, m̀sái chóhgāam gé. Bātgwo dī yéh jauh yiu chūnggūngsaai ge la. Ngóh jauh m̀jūngyi bōngchan mòuhpàaih síufáan ge, kéuihdeih m̀jí jójyuhsaai, juhng m̀sái gāauseui, dī yéh maaihdāk pèhngdī, deui gódī báai gángdong ge hóu m̀gūngpìhng ge bo.	多數罰錢嘅啫，唔使坐監嘅。不過啲嘢就要充公晒嘅嘑。我就唔鍾意幫襯無牌小販嘅，佢哋唔止阻住晒，仲唔使交稅，啲嘢賣得平啲，對嗰啲擺梗檔嘅好唔公平嘅嗑。
Baaknèuhng:	伯娘：
Haih la wóh! Yùhgwó m̀haih ngóh hái gāaibīn jāp dī pèhng yéh, yahtyaht ngàaih gwai choi lā néih.	係嘑喎！如果唔係我喺街邊執啲平嘢，日日捱貴菜啦你。
Waih-jān:	惠珍：
Wah sìh wah, Hēunggóng dī gāai dōu syun gōngjehng, ngóh m̀gindóu yáuh chèuihdeih toutàahm ge yàhn.	話時話，香港啲街都算乾淨，我唔見倒有隨地吐痰嘅人。

羅馬拼音	廣東話
Baakfuh: Táiháh hái bīnkēui lā, bātgwo pìhnggwān làih góng, dōuhaih béi yíhchìhn gōnjehngdī. Yíhchìhn Hēunggóng dōu m̀chíh yìhgā gam gōnjehng ga, hauhlòih tēuihàhng chīnggit Hēunggóng wahnduhng, dihnsih yihkdōu lohklihk syūnchyùhn, lyuhnpāau laahpsaap, chèuihdeih toutàahm, lyuhntip gāaijīu, waahkjé béi gáujek chèuihdeih daaih síubihn, dōu yiu faht hóudō chín, juhng wúih béi yàhn giujouh "laahpsaapchùhng", gámyéung sīnji maahnmáan hóu héi séuhnglàih.	伯父： 睇吓喺邊區啦，不過平均嚟講，都係比以前乾淨啲。以前香港都唔似而家咁乾淨㗎，後來推行清潔香港運動，電視亦都落力宣傳，亂拋垃圾、隨地吐痰、亂貼街招，或者俾狗隻隨地大小便，都要罰好多錢，仲會俾人叫做"垃圾蟲"，嗽樣先至慢慢好起上嚟。
Baaknèuhng: Néih m̀hóu lìuh kéuih góng wàahnbóu a, kéuih yāt gónghōi jauh gāi dēung m̀tyúhn ge la.	伯娘： 你唔好撩佢講環保呀，佢一講開就雞啄唔斷嘅嘑。
Houh-yìhn: Gám wàahnbóu haih daaihgā ge sih làih ge.	浩然： 嗽環保係大家嘅事嚟嘅。
Baakfuh: Chèuihjó hūnghei jātsou, Hēunggóng ge séuijāt wūyíhm dōu sēungdōng yìhmjuhng. Sēuiyìhn Hēunggóng móuh māt gūngyihp, daahnhaih Hēunggóng ge yàhnháu yuht làih yuht dō, jáulàuh sihksi yauh dō, sāngwuht wūséui làuhyahp hóidouh, juhngyáuh dī gēigin gūngchìhng dōu hóu yínghéung séuijāt.	伯父： 除咗空氣質素，香港嘅水質污染都相當嚴重。雖然香港冇乜工業，但係香港嘅人口越嚟越多，酒樓食肆又多，生活污水流入海度，仲有啲基建工程都好影響水質。
Houh-yìhn: Jingfú yīnggōi lahplaih gúnjai a. Dī hóiséui gam wūjōu, bīngo juhng gám sihk dī hóicháan nē?	浩然： 政府應該立例管制呀。啲海水咁污糟，邊個仲敢食啲海產呢？

羅馬拼音	廣東話
Baakfuh:	伯父：
Yiu gáaikyut wàahngíng wūyíhm nīgo mahntàih, chèuihjó lahplaih, juhngyiu yìhmgaak jāphàhng gúnjai ji dāk.	要解決環境污染呢個問題，除咗立例，仲要嚴格執行管制至得。
Houh-yìhn:	浩然：
Kèihsaht sèhnggo Jyūsāamgok dōu yáuh nīgo mahntàih. Ngóhdeih hēunghá dōuhaih lā, fūkfūk deih dōu yuhngsaai làih héi chóng. Haih jauh haih dī yàhn yáuhchín'gwo gauhsí hóudō, daahnhaih hūnghei jauh chāsaai, hóuyát dōu ginṁdóu làahmtīn, go tīn sèhngyaht dōu mùhngchàhchàh. Dī hòhséuih dōu bindāk hāakmāngmāng, móuh yàhn gám hái hòh douh yàuhséui ge la. Ṁchíh Hēunggóng, gam dāaidāai ge deihfōng, juhngyáuh yàuhdākséui ge wihngtāan tùhng gamdō gāauyéh gūngyún. Ngóh gokdāk Hēunggóng ge gīngyihm jānhaih jihkdāk noihdeih jegeng.	其實成個珠三角都有呢個問題。我哋鄉下都係啦，幅幅地都用晒嚟起廠。係就係啲人有錢過舊時好多，但係空氣就差晒，好日都見唔倒藍天，個天成日都朦查查。啲河水都變得黑掹掹，冇人敢喺河度游水嘅嘑。唔似香港，咁大大嘅地方，仲有游得水嘅泳灘同咁多郊野公園。我覺得香港嘅經驗真係值得內地借鏡。
Baakfuh:	伯父：
Ūkkéi móuh géi yúhn jauhhaih Sījísāan Gāauyéh Gūngyún. Ngóhdeih wányaht heui hàahngháh, kāpháh sānsīn hūnghei lā.	屋企冇幾遠就係獅子山郊野公園。我哋搵日去行吓，吸吓新鮮空氣啦。

語法語義註釋

☞ 買定啲豬肉聽朝煲粥食都好嘅　買些豬肉留着明天煮粥吃也好。"〈動詞〉定……先"的意思是"預先做好準備"。如："聽日一早搭飛機，今晚執定行李先。"（"明天一早坐飛機，今晚預先收拾好行李。"）

☞ 電芯　香港人的日常口語中，"電池"這個概念有"電"、"電芯"、"電池"三個説法，情況複雜。手提電話和數碼相機的可充電鋰電池在香港也叫"電池"。如果前面有限定或修飾成分，一般簡稱為"電"，如一塊電池叫做"一嚿電"。一號乾電池稱為"大電"；五號和七號乾電池分別叫"2A 電"和"3A 電"，合稱為"筆芯電"。一般人說"電芯"，指的是筆芯電或紐扣電池。充電電池叫"充電池"，而不叫"充電芯"。

☞　好日　有"很長時間，很多日子"之意，但只用於否定句，例如：

1. 你好日都唔上嚟一次，做乜今日咁得閒嚟探我哋呀？（你不常上來的，怎麼今天這麼有空來看我們？）

2. 阿傑好日都唔返屋企食餐飯，所以今晚媽咪煲咗靚湯佢飲。（阿傑好容易回家吃飯，所以今晚媽媽做了好湯給他喝。）

文化背景註釋

☞　走鬼　無牌小販見到執法人員時往往大呼"走鬼"並逃走，後來引申為無牌小販逃避追捕的行為，無牌小攤稱為"走鬼檔"。用法上，"走鬼"作動詞，如"食環署巡查，小販慌忙走鬼。"值得留意的是，"走鬼"一詞引入廣州粵語後，僅指"無牌小販"這種人，非指其行為。

☞　小販管理隊　隸屬於食物環境衛生署。食環署的職責是確保食物安全，並為香港市民提供清潔衛生的居住環境。

☞　清潔香港運動　四十年代，香港當局定期舉行清掃行動和地區清潔運動。七十年代正式展開全港清潔運動，並配合各種宣傳教育活動。清潔香港運動持續至今，令香港市容煥然一新。

☞　垃圾蟲　七十年代清潔香港運動創造的形象標誌之一。

2 詞語

2.1 生詞

	廣東話		釋義
1	máhn'gám	敏感	過敏;敏感
2	chēutkèih	出奇	奇怪
3	chóuh	揩	存
4	báaidong	擺檔	擺攤
5	wūjōu	污糟	骯髒
6	hāangkèuih	坑渠	陰溝;下水道
7	wūyīng	烏蠅	蒼蠅
8	únglam / ngúnglam	擁冧	推倒
8.1	lam	冧	倒,塌
9	daaihjahnjeuhng	大陣仗	動靜很大;大場面
10	lāai	拉	抓,逮捕
11	ba	霸	霸佔,佔
12	jójyuh	阻住	礙着,擋着,阻礙
13	hāt yàhn jāng	乞人憎	討人厭
14	gāján	家陣	現在
15	wán léuhng chāan	搵兩餐	謀生

	廣東話		釋義
16	chóhgāam	坐監	坐牢
17	báai gángdong	擺梗檔	有固定攤位
17.1	gáng	梗	不能動的
18	wah sìh wah	話時話	說起來
19	lohklihk	落力	大力，賣力
20	gāaijīu	街招	街頭廣告
21	béi	俾	讓，允許
22	lahplaih	立例	制訂法律或條例
23	lìuh	撩	招惹，逗引
24	gāi dēung m̀tyúhn	雞啄唔斷	說個沒完
25	fūk	幅	地皮的量詞
26	héiláu	起樓	蓋樓房
27	mùhngchàhchàh	朦查查	模模糊糊；稀裏糊塗
28	jegeng	借鏡	借鑒

2.2　難讀字詞

1	wūyíhm	污染
2	hāauchyún	哮喘
3	gāaungoih	郊外
4	yāujihng	幽靜

5	chèuhnwàahn joijouh	循環再造
6	fahtchín	罰錢
7	chèuihdeih	隨地
8	gúnjai	管制
9	yìhmgaak	嚴格
10	jāphàhng	執行

3　附加詞彙

3.1　環境污染物

電芯	dihnsām	發泡膠	faatpóuhgāau
筆芯電	bātsāmdihn	廚餘	chyùhyùh
充電池	chūngdihnchìh	二氧化碳	yihyéuhngfa'taan
鋰電池	léih dihnchìh	硫	làuh
塑膠	sougāau	氮	daahm
膠袋	gāudói	重金屬	chúhng gāmsuhk
膠樽	gāaujēun	二噁英	yih'okyīng / yih'ngokyīng
飲筒	yámtúng		

3.2 香港的公園及郊遊地點

郊野公園	Gāauyéh Gūngyún
大帽山	Daaihmouh Sāan
鳳凰山	Fuhngwòhng Sāan
香港動植物公園	Hēunggóng Duhngjihkmaht Gūngyún
濕地公園	Sāpdeih Gūngyún
海岸公園	Hóihngohn Gūngyún
國家地質公園	Gwokgā Deihjāt Gūngyún
麥理浩徑	Mahk Léih Houh Ging
衛奕信徑	Waih Yihk Seun Ging
鳳凰徑	Fuhngwòhng Ging
港島徑	Góngdóu Ging

附加詞彙粵普對照表

廣東話	釋義
塑膠	塑料
膠	塑料；橡膠
樽	瓶子
飲筒	吸管
發泡膠	泡沫塑料

4　語音練習：粵普韻母相異字例（1）

4.1　i-i

支	jī	透支	taujī
此	chí	此外	chí ngoih
以	yíh	以色列	Yíhsīkliht
易	yih	易過借火	yihgwojefó
是	sih	似是而非	chíhsihyìhfēi
史	sí	歷史重演	lihksí chùhngyín
司	sī	財政司	chòihjingsī
思	sī	反思	fáansī
詩	sī	唐詩	Tòhngsī
試	si	考口試	háauháusi
私	sī	公私不分	gūngsībātfān
時	sìh	時不時	sìhbātsìh
斯	sī	突尼斯	Dahtnèihsī
事	sih	喜事	héisih
知	jī	知識就是力量	jīsīk jauhsih lihkleuhng
治	jih	送院救治	sungyún gaujih
紙	jí	節約用紙	jityeuk yuhngjí
址	jí	地址	deihjí
志	ji	志不在此	jibātjoihchí
置	ji	置業	jihyihp
智	ji	智商	jisēung

姊	jí	姊妹情深	jímuihchìhngsām
寺	jí	寶蓮寺	Bóulìhnjí
飼	jih	飼料	jihlíu
宜	yìh	不適宜	bātsīkyìh
義	yih	忘恩負義	mòhngyānfuhyih
次	chi	第二次世界大戰	Daihyihchi saigaaidaaihjin

4.2　i-aai

璽	sáai	玉璽	yuhksáai
舐	sáai	舐犢情深	sáaiduhkchìhngsām
艾	ngaaih	自怨自艾	jihyun jih'ngaaih

4.3　i-ai

閉	bai	閉門羹	baimùhn gāng
幣	baih	港幣	góngbaih
第	daih	第尾	daihmēi
遞	daih	速遞	chūkdaih
底	dái	枱底	tóidái
低	dāi	睇低	táidāi
帝	dai	皇帝女	wòhngdainéui
制	jai	一國兩制	yātgwokléuhngjai
濟	jai	經濟	gīngjai
製	jai	製造	jaijouh

祭	jai	祭祀	jaijih
滯	jaih	食滯	sihkjaih
繼	gai	繼續	gaijuhk
雞	gāi	雞犬不寧	gāihyún bātnìhng
計	gai	埋單計數	màaihdāan gaisou
禮	láih	禮貌	láihmaauh
例	laih	舉例	géuilaih
米	máih	糯米	nohmáih
倪	ngàih	倪匡	Ngàih Hōng
批	pāi	批示	pāisih
妻	chāi	夫妻	fūchāi
溪	kāi	小溪	síukāi
齊	chàih	一齊	yātchàih
啟	kái	開啟	hōikái
契	kai	契爺	kaiyèh
駛	sái	不准駛入	bātjéun sáiyahp
細	sai	細路	sailouh
世	sai	撈世界	lōusaigaai
誓	saih	發誓	faatsaih
西	sai	西班牙	Sāibāanngàh
逝	saih	時光飛逝	sìhgwōng fēisaih
梯	tāi	雲梯	wàhntāi
體	tái	檢查身體	gímchàh sāntái
替	tai	替死鬼	taiséigwái
題	tàih	離題	lèihtàih

系	haih		體系	táihaih
係	haih		關係	gwāanhaih
遺	wàih		遺囑	wàihjūk
藝	ngaih		藝術	ngaihseuht
毅	ngaih		堅毅	gīnngaih

4.4　i-ei

比	béi		人比人，比死人	yàhn béi yàhn, béi séi yàhn
避	beih		避之則吉	beihjījākgāt
彼	béi		彼此	béichí
鼻	beih		鼻哥	beihgō
己	géi		知己	jīgéi
寄	gei		寄生蟲	geisāngchùhng
機	gēi		冇心機	móuhsāmgēi
基	gēi		基本法	Gēibúnfaat
記	gei		記性	geising
期	kèih		遙遙無期	yìuhyìuh mòuhkèih
奇	kèih		千奇百怪	chīnkèih baakgwaai
妓	geih		藝妓	ngaihgeih
你	néih		你死我活	néihséi ngóhwuht
尼	nèih		尼姑	nèihgū
膩	neih		油膩	yàuhneih
李	léih		張冠李戴	jēunggūn léihdaai
利	leih		唯利是圖	wàihleih sihtòuh

理	léih	蠻不講理	màahnbātgóngléih
梨	lèih	雪梨	syutlèih
離	lèih	離奇	lèihkèih
彌	nèih	彌敦道	Nèihdēun Douh
皮	pèih	牛皮	ngàuhpèih
疲	pèih	疲於奔命	pèihyūbānmihng
屁	pei	放屁	fongpei
譬	pei	譬喻	peiyuh
汽	hei	汽水	heiséui
豈	héi	豈有此理	héiyáuh chíléih
犧	hēi	犧牲	hēisāng
喜	héi	喜出望外	héichēut mohngngoih
禧	hēi	千禧	chīnhēi
欺	hēi	欺負	hēifuh
器	hei	大器晚成	daaihheimáahnsìhng
祈	kèih	祈禱	kèihtóu
四	sei	四圍	seiwàih
死	séi	死不悔改	séibātfuigói

5　情景説話練習

1. Chéng múihgo tùhnghohk jauh yíhhah mahntàih faatbíu jihgéi ge gin'gáai: Néih deui Hēunggóng ge wàahngíng waihsāng múhnyi ma? Bīn fōngmihn múhnyi, bīn fōngmihn m̀múhnyi nē? Dímgáai a?　請每個同學就以下問題發表自己嘅見解：你對香港嘅環境衛生滿意嗎？邊方

面滿意，邊方面唔滿意呢？點解呀？

2. Gāngeui yíhhah chìhnggíng jeunhàhng deuiwah: Syūn táai haih gātìhng jyúfúh, yānwaih gahn nī léuhnggo láihbaai ūkkéi làuhseuhng yáuh go dāanwái jōngsāu, yàuh jīu dou máahn, yauh jyun yauh johk, yauh daaihchàhn. Syūn táai hóu tàuhtung. Kéuih hóu gīkhei gám tùhng pàhngyáuh gónghéi nī gihn sih. Pàhngyáuh jauh bōng kéuih námháh yáuh mātyéh baahnfaat gáaikyut. 根據以下情景進行對話：孫太係家庭主婦，因為近呢兩個禮拜屋企樓上有個單位裝修，由朝到晚，又鑽又鑿，又大塵。孫太好頭痛。佢好激氣噉同朋友講起呢件事，朋友就幫佢諗吓有乜嘢辦法解決。

3. Chéng múihgo tùhnghohk góngháh jihgéi gāhēung ge séuijāt wūyíhm mahntàih, tùhngmàaih deui sāngwuht cháansāngjó mātyéh yínghéung. Jeuihauh chéng yātgo tùhnghohk gāngeui nīdī jīlíu júnggit chyùhngwok ge séuijāt johngfong, bihng fūyuh jingfú tùhng gokgaai yàhnsih bóuwuh séui jīyùhn. 請每個同學講吓自己家鄉嘅水質污染問題，同埋對生活產生咗乜嘢影響。最後請一個同學根據呢啲資料總結全國嘅水質狀況，並呼籲政府同各界人士保護水資源。

4. Chéng múihgo tùhnghohk jauh yíhhah mahntàih faatbíu jihgéi ge gingái: (1) Faimaht chèuhn wàahn joijouh jihkṁjihkdāk hái chyùhn saigaai tēuihàhng; (2) Néih ge gāhēung yáuh móuh tēuihàhng; (3) Dímyéung tēuihàhng, haauhgwó dím? 請每個同學就以下問題發表自己嘅見解：（一）廢物循環再造值唔值得喺全世界推行；（二）你嘅家鄉有冇推行；（三）點樣推行，效果點？

5. Fānjóu bihnleuhn mòuhpàaih síufáan mahntàih. Jingfōng ge gūndím haih ṁyīnggōi béi mòuhpàaih síufáan báaimaaih; fáanfōng ge gūndím haih, mòuhpàaih síufáan báaimaaih mahntàih yīnggōi jeukchìhng chyúhléih. 分組辯論無牌小販問題。正方嘅觀點係唔應該俾無牌小販擺賣；反方嘅觀點係，無牌小販擺賣問題應該酌情處理。

第9課 探討社會問題

1 課文

羅馬拼音	廣東話
Yèuhng Dāan-dāan āamāam hái Móuhhon làihjó Hēunggóng jouhyéh, gāmyaht dásyun chēutheui baahn dī sih, gānjyuh tùhng sōtòhng gājē Wihng-yìh sihk chāan faahn. Làhm chēutmùhn jīchìhn, kéuih dá go dihnwá béi Wihng-yìh sīn:	楊丹丹啱啱喺武漢嚟咗香港做嘢，今日打算出去辦啲事，跟住同疏堂家姐詠儀食餐飯。臨出門之前，佢打個電話俾詠儀先：
Wihng-yìh a, gāmyaht ngóh yiu hōi ngàhnhòhng wuhháu, cheung Góngjí, Baatdaahttūng yiu yahpchín, juhng yiu wán go āamsái ge sáugēi séuhngtòih gaiwaahk, waahkjé wúih chìh síusíu. Gáaudihmsaai jīhauh ngóh béi dihnwá néih ā?	詠儀呀，今日我要開銀行戶口，唱港紙，八達通要入錢，仲要搵個啱使嘅手機上台計劃，或者會遲少少。搞掂晒之後我俾電話你吖？
Wihng-yìh:	詠儀：
Néih chōlàih bouhdou, yānjyuh dohngsāt louh a. Dáng ngóh daai néih heui lā. Gāmyaht ngóh dōu yiu heui ngàhnhòhng, ngóh yáuh bāt dihngkèih chyùhnfún gāmyaht doukèih. Ngóh yiu heui táiháh ngoihbaih wuihga tùhng yìhgā dī sīkháu, táiháh jouh bīnjek chyúhchūk chyùhnfún fasyun.	你初嚟埗到，因住蕩失路呀。等我帶你去啦。今日我都要去銀行，我有筆定期存款今日到期。我要去睇吓外幣匯價同而家啲息口，睇吓做邊隻儲蓄存款化算。
Sahp dímjūng jóyáu kéuihdeih heuidou ngàhnhòhng ge sìhhauh, léuihbihn yíhgīng daaih pàaih chèuhnglùhng. Juhng yáuh hóu dō yàhn kéihhái ngàhnhòhng mùhnháu táijyuh yìhnggwōngmohk seuhngbihn ge jeui sān wuihga tùhng gúsíhhòhngchìhng. Ngàhnhòhng gaaklèih gāan gāmyùhng tàuhjī gūngsī yātyeuhng haih bīkdou séuisit bāttūng.	十點鐘左右佢哋去到銀行嘅時候，裏便已經大排長龍。仲有好多人企喺銀行門口睇住熒光幕上便嘅最新匯價同股市行情。銀行隔離間金融投資公司一樣係逼到水泄不通。

羅馬拼音	廣東話
Dāan-dāan:	丹丹：
Hēunggóng bātkwáih haih gwokjai gāmyùhng jūngsām, ngàhnhòhng hēuihahmdou hóuchíh gāaisíh gám.	香港不愧係國際金融中心，銀行墟冚到好似街市嗽。
Wihng-yìh:	詠儀：
Hēunggóng déi, tàuhjī haih gāsèuhng bihnfaahn. Néih hái gāai chèuihbín mahn yātgo sī'nāai, fānfānjūng johngdóu go tàuhjī gōusáu dōu m̀dihng. Bātgwo ngóh gokdāk jeuigahn go síh daaihséuhng daaihlohk, m̀haih gam wánjahn, yìhgā cháaugú tùhng dóuchín móuh māt fānbiht. Gauwahn ge hóufaai faatdaaht; hàahng sēuiwahn ge wah, cháaunūngjó, hónàhng sèhngfu sāngā sihtsaai.	香港地，投資係家常便飯。你喺街隨便問一個師奶，分分鐘撞倒個投資高手都唔定。不過我覺得最近個市大上大落，唔係咁穩陣，而家炒股同賭錢有乜分別。夠運嘅好快發達；行衰運嘅話，炒燶咗，可能成副身家蝕晒。
Dāan-dāan hōijó go junghahp wuhháu, daihjó bíu sānchíng seunyuhngkāat; Wihng-yìh jouhjó go Āulòh ge dihngkèihchyùhnfún. Kéuihdeih jauh seuhnbín hàahngheui sēungchèuhng táiháh yáuhmóuh āam sāmséui ge yéh maaih. Gam'āam sēungchèuhng yahpbihn yáuh làuhpún jouh chūksīu, hóudō yàhn háidouh tái sihfaahn dāanwái.	丹丹開咗個綜合户口，遞咗表申請信用咭；詠儀做咗個歐羅嘅定期存款。佢哋就順便行去商場睇吓有冇啱心水嘅嘢賣。咁啱商場入便有樓盤做促銷，好多人喺度睇示範單位。
Dāan-dāan:	丹丹：
Wihng-yìh, néih tùhng jéfū yáuhmóuh námgwo máaihfāan chàhng láu a?	詠儀，你同姐夫有冇諗過買返層樓呀？
Wihng-yìh:	詠儀：
Séung jauh gánghaih séung lā, bātgwo yàhngūng sīng, làuhga sīngdāk juhng gihng. Yíh ngóhdeih léuhnggo ge sāuyahp, yáuhpàaih dōu chóuh m̀gau sáukèih; séung sānchíng Gēuiūk yauh m̀hahp jīgaak. Ngóh hēimohng jingfú bōnghàh ngóhdeih nīdī gaapsām gāaichàhng, dáng ngóhdeih dōu "séuhngdóuchē" lā.	想就梗係想啦，不過人工升，樓價升得仲勁。以我哋兩個嘅收入，有排都措唔夠首期；想申請居屋又唔合資格。我希望政府幫吓我哋呢啲夾心階層，等我哋都"上倒車"啦。

羅馬拼音	廣東話
Máaihyùhn yéh, sihkyùhn aan jīhauh, Dāan-dāan pùih Wihng-yìh heui taam yātgo pàhngyáuh Jūng Mìhng-léih. Jūng Mìhng-léih yìhgā jouhgán séhgūng.	買完嘢，食完晏之後，丹丹陪詠儀去探一個朋友鍾明理。鍾明理而家做緊社工。
Kéuihdeih wándóu Jūng Mìhng-léih ge baahngūngsāt gójahnsìh, gindóu kéuih āamāam tùhng go chīngnìhnyàhn kīnggán. Jūng Mìhng-léih chéng kéuihdeih yahpheui chóh, juhng gaaisiuh gógo chīngnìhnyàhn béi kéuihdeih sīk. Gógo hauhsāangjái giujouh A-Bōng.	佢哋搵倒鍾明理嘅辦公室嗰陣時，見倒佢啱啱同個青年人傾緊。鍾明理請佢哋入去坐，仲介紹嗰個青年人俾佢哋識。嗰個後生仔叫做阿邦。
Jūng Mìhng-léih:	鍾明理：
A-Bōng ngāamngāam tùhng ngóh góng, kéuih séung jouh dī jiyuhn gūngjok, bōng dī nghyahp kèihtòuh ge chīngsiunìhn góichèh gwāijing.	阿邦啱啱同我講，佢想做啲志願工作，幫啲誤入歧途嘅青少年改邪歸正。
A-Bōng:	阿邦：
Yānwaih ngóh jihgéi haih gwolòihyàhn, ngóh yíhchìhn móuhsāmgēi duhksyū, sèhngyaht kwàhnmàaih dī m̀sāamm̀sei ge yàhn, juhng yahpgwo hāakséhwúi. Yíhchìhn nē, ngóh táijó dī hei, gúwaahkjái jīléui gódī, yíhwàih jouh hāakséhwúi jauh m̀wúih béi yàhn hā. Dímjī yāt yahp jauh hóu nàahn lātsān. Jihgéi yauh houkèih, hohk yàhn sihk baahkfán, yātsihk jauh sihk séuhngyáhn. Móuh dāk sihk ge sìhhauh, jānhaih hóu sānfú, sahmji heui tāu heui chéung dōu yiu wán chín kāpduhk. Jeui cháam gójahnsìh, juhng jāanglohk daaihyíhlūng chín, béi yàhn jēuisou, lìhn ūkkéi dōu m̀gaudáam fāan. Dōdāk Jūng sīnsāang bōng ngóh, jēutjī gaailātjó duhkyáhn, yauh gaaisiuh gūngjok béi ngóh, lihng ngóh nàhnggau chùhngsān jouhyàhn. Sóyíh ngóh yìhgā dōu séung jouh dī yéh gunghin séhwúi. Ngóh séung wah béi dī sailouh jī, duhkbán jānhaih m̀dimdāk ga.	因為我自己係過來人，我以前冇心機讀書，成日群埋啲唔三唔四嘅人，仲入過黑社會。以前呢，我睇咗啲戲，古惑仔之類嗰啲，以為做黑社會就唔會俾人蝦。點知一入就好難甩身。自己又好奇，學人食白粉，一食就食上癮。冇得食嘅時候，真係好辛苦，甚至去偷去搶都要搵錢吸毒。最慘嗰陣時，仲爭落大耳窿錢，俾人追數，連屋企都唔夠膽返。多得鍾先生幫我，卒之戒甩咗毒癮，又介紹工作俾我，令我能夠重新做人。所以我而家都想做啲嘢貢獻社會。我想話俾啲細路知，毒品真係唔掂得㗎。

羅馬拼音	廣東話
Sungjáu A-Bōng jīhauh, Dāan-dāan mahnhéi Jūng Mìhng-léih ge gūngjok. Jūng Mìhng-léih wah jeuidaaih ge mahntàih haih yàhnsáu m̀gau.	送走阿邦之後，丹丹問起鍾明理嘅工作。鍾明理話最大嘅問題係人手唔夠。
Jūng Mìhng-léih:	鍾明理：
Hēunggóng haih yātgo faatdaaht ge séhwúi, hóu jihyàuh, hóu yáuh wuhtlihk, yihkdōu hóu fūkjaahp, hóudō yáuhwaahk. Hēunggóng ge séhwúi mahntàih kèihsaht m̀síu, peiyùhwah pàhnkùhng, gātìhng mahntài, lóuhyàhn mahntàih.	香港係一個發達嘅社會，好自由，好有活力，亦都好複雜，好多誘惑。香港嘅社會問題其實唔少，譬如話貧窮、家庭問題、老人問題。
Yìhgā dāanchān gātìhng dōjó, gātìhng bouhlihk dōjó, yáuhdī gājéung chàhmmàih dóubok, deui gātìhng, yàuhkèihsih deui chīngsiunìhn yáuh hóu waaih ge yínghéung.	而家單親家庭多咗，家庭暴力多咗，有啲家長沉迷賭博，對家庭，尤其是對青少年有好壞嘅影響。
Dōng kyutsíu gātìhng gwāan'oi ge sìhhauh, hóuchíh A-Bōng dī gám ge hauhsāang jáinéui, hóu yùhngyih hàahngchā daahpcho, gāyahp hāakséhwúi, waahkjé sèuhngsi duhkbán. Yáuhdī néuihjái béi yàhn yáhnyáuh maaihyàhm, gíngfōng kám sīkchìhng gabouh sīnji wánfāan.	當缺少家庭關愛嘅時候，好似阿邦啲噉嘅後生仔女，好容易行差踏錯，加入黑社會，或者嘗試毒品。有啲女仔俾人引誘賣淫，警方冚色情架步先至搵返。
Lóuhyàhn mahntàih dōuhaih yuhtlàih yuht yìhmjuhng. Yìhgā yàhnháu lóuhfa, duhkgēui jéungjé yuhtlàih yuhtdō. Yáuhdī lóuhyàhngā haih móuh saai chānyàhn ge; yihk yáuhdī yānwaih jáinéui móuh nàhnglihk jiugu kéuihdeih; yáuhdī juhng yāmgūng, sēuiyìhn sānfú chaudaaih jáinéui, lóuhjó jīhauh, dī jáinéui jauh yìhm lóuhyàhngā jósáu jógeuk, sahmji wàihhei lóuhyàhn.	老人問題都係越嚟越嚴重。而家人口老化，獨居長者越嚟越多。有啲老人家係有晒親人嘅；亦有啲因為仔女冇能力照顧佢哋；有啲仲陰功，雖然辛苦湊大仔女，老咗之後，啲仔女就嫌老人家阻手阻腳，甚至遺棄老人。
Ngóhdeih yáuh taaidō nīdī gám ge go'on, daahnhaih hóunàahn múihgo dōu gānjeun, jānhaih hóu sēuiyiu dōdī séhgūng tùhng yihgūng.	我哋有太多呢啲噉嘅個案，但係好難每個都跟進，真係好需要多啲社工同義工。

羅馬拼音	廣東話
Dāan-dāan yíhchìhn jihnghaih jīdou Hēunggóng haih yātgo yihndoihfa tùhng sēungyihpfa ge gwokjai daaih dōuwuih, yātgo méihsihk tīntòhng tùhng kaumaht tīntòhng, chùhnglòih dōu m̀jī Hēunggóng dōuyáuh gamdō mahntàih. Kéuih gokdāk yáuh Jūng Mìhngléih nī bāan yàhn bōng dī sēuiyiu bōngjoh ge yàhn, sahtjoi taai lihngyàhn gámduhng la.	丹丹以前淨係知道香港係一個現代化同商業化嘅國際大都會，一個美食天堂同購物天堂，從來都唔知香港都有咁多問題。佢覺得有鍾明理呢班人幫啲需要幫助嘅人，實在太令人感動嘑。

語法語義註釋

☞ 分分鐘　"隨時" 的意思，如："而家嘅形勢好危急，嗰個人分分鐘都會體力不支。"

☞ 夠膽　意思是 "敢"。粵語裏有 "夠 + 〈名詞〉" 的構詞結構，表示具有與該名詞相關的某種特質，除了 "夠膽" 以外，還有 "夠運"（運氣好）、"夠薑"（非常厲害）、"夠喉（滿足）"、"夠力"、"夠鐘"（到點）等等。

文化背景註釋

☞ 夾心階層　收入高於申請公屋和居屋的上限，而又不足以購買私人樓的中等收入階層。

2 詞語

2.1 生詞

	廣東話		釋義
1	sōtòhng gājē	疏堂家姐	遠房堂姐，遠房表姐
2	wuhháu	戶口	賬戶
3	cheung Góngjí	唱港紙	換港幣
3.1	cheung sáanjí	唱散紙	換零錢
4	yahpchín	入錢	充值
4.1	jāngjihk	增值	充值
5	āamsái	啱使	合用
6	séuhngtòih	上台	加入手機月費計劃
7	chōlàih bouhdou	初嚟埗到	初來乍到
8	yānjyuh	因住	小心，留神
9	sīkháu	息口	利率
10	fasyun	化算	划算
11	yìhnggwōngmohk	熒光幕	屏幕，顯示屏
12	hàahng sēuiwahn	行衰運	倒霉
13	cháaunūng	炒燶	炒股虧本以至血本無歸
14	daihbíu	遞表	交申請表

	廣東話		釋義
15	āam sāmséui / ngāam sāmséui	啱心水	合心意
16	sihfaahn dāanwái	示範單位	樣板房
17	gihng	勁	厲害
18	yáuhpàaih	有排	有很長一段時間
19	séuhngchē	上車	初次置業；上車
20	móuhsāmgēi	冇心機	不用心，沒心思
20.1	yáuhsāmgēi	有心機	專心，用心，有心思
20.2	hóusāmgēi	好心機	很專心，很用心
21	kwàhnmàaih	群埋	和（壞人）混在一起
22	hā	蝦	欺負
23	lātsān	甩身	脫身
24	sānfú	辛苦	難受，不舒服；辛苦
25	daaihyíhlūng	大耳窿	放高利貸者；高利貸
26	jēuisou	追數	追債
27	dōdāk	多得	多虧
28	gaailāt	戒甩	戒掉
29	dim	掂	碰，觸
30	hàahngchā daahpcho	行差踏錯	失足
31	kám	冚	搗毀；蓋

	廣東話		釋義
32	sīkchìhng gabouh	色情架步	色情場所
33	yāmgūng	陰功	造孽，令人不忍
33.1	móuh yāmgūng	冇陰功	造孽，令人不忍
34	chaujái	湊仔	帶孩子
35	jósáu jógeuk	阻手阻腳	礙手礙腳

2.2 難讀字詞

1	chyúhchūk chyùhnfún	儲蓄存款
2	junghahp	綜合
3	kīnggā dohngcháan	傾家蕩產
4	nghyahp kèihtòuh	誤入歧途
5	góichèh gwāijing	改邪歸正
6	yáuhwaahk	誘惑
7	gaaiduhk	戒毒
8	gunghin	貢獻
9	fūkjaahp	複雜
10	wàihhei	遺棄

3 附加詞彙

3.1 常見貨幣名稱

港幣 港紙	Góngbaih / Góngjí	加幣 加元	Gābaih / Gayùhn
仙	sīn	坡紙	Bōjí
人民幣	Yàhnmàhnbaih	泰銖	Taaijyū
人仔	Yàhnjái	越南盾	Yuhtnàahmtéuhn
美元 美金	Méihyùhn / Méihgām	新台幣	Sān Tòihbaih
美仙	Méihsīn	日元	Yahtyùhn
歐羅 歐元	Āulòh / Āuyùhn	Yen	yēn
英鎊	Yīngbohng / Yīngbóng	澳元	Ouyùhn / Ngouyùhn
瑞士法郎	Seuihsihfaatlòhng	紐西蘭元	Náusāilàahnyùhn

3.2 香港的社會保障及服務種類

綜合社會保障援助計劃 綜援	Junghahp Séhwúi Bóujeung Wùhnjoh Gaiwaahk / Jungwùhn
高齡津貼 生果金	Gōulìhng Jēuntip / Sāanggwógām
傷殘津貼	Sēungchàahn Jēuntip
強積金	Kéuhngjīkgām
醫療費用減免	yīlìuh faiyuhng gáammíhn
幼兒中心	yauyìh jūngsām

安老院	ōnlóuhyún / ngōnlóuhyún
臨時庇護中心	Làhmsih Beiwuh Jūngsām
露宿者服務	louhsūkjé fuhkmouh

附加詞彙粵普對照表

廣東話	釋義
人仔	人民幣的俗稱
仙	分
Yen	日元
坡紙	新加坡貨幣

4　語音練習：粵普韻母相異字例（2）

4.1　i-eui

裔	yeuih
戾	leuih

美籍華裔	Méihjihkwàhyeuih
暴戾	bouhleuih

4.2　i-ap

及	kahp
級	kāp
急	gāp
輯	chāp

急不及待	gāpbātkahpdoih
級數	kāpsou
緊急	gángāp
編輯	pīnchāp

緝	chāp	緝拿歸案	chāpnàh gwāion
立	lahp	屹立	ngahtlahp
粒	nāp	細細粒	saisaināp
十	sahp	一目十行	yātmuhksahphòhng
拾	sahp	收拾	sāusahp
濕	sāp	濕立立	sāplahplahp
吸	kāp	吸血	kāphyut
泣	yāp	哭泣	hūkyāp
邑	yāp	五邑	nghyāp
汁	jāp	橙汁	cháangjāp
執	jāp	執房	jāpfóng

4.3　i-at

匹	pāt	馬匹	máhpāt
筆	bāt	鉛筆	yùhnbāt
畢	bāt	完畢	yùhnbāt
吉	gāt	大吉	daaihgāt
疾	jaht	疾病	jahtbehng
嫉	jaht	嫉惡如仇	jaht'okyùhsàuh
質	jāt	質問	jātmahn
姪	jaht	姪仔	jahtjái
密	maht	秘密	beimaht
蜜	maht	蜜糖	mahttòhng
一	yāt	一帆風順	yātfàahnfūngseuhn
日	yaht	如日中天	yùhyahtjūngtīn
逸	yaht	逸夫書院	Yahtfū Syúyún

軼	yaht		軼事	yahtsih
溢	yaht		滿溢	múhnyaht
七	chāt		七七四十九	chātchātseisahpgáu
漆	chāt		油漆	yàuhchāt
乞	hāt		乞求	hātkàuh
失	sāt		損失	syúnsāt
室	sāt		室內	sātnoih
膝	sāt		膝頭	sāttàuh
實	saht		事實	sihsaht

4.4　i-ek

吃	hek		口吃	háuhek
尺	chek		間尺	gaanchék
笛	dék		竹笛	jūkdék
劈	pek		劈開	pekhōi
石	sehk		鐵石心腸	titsehksāmchèuhng
錫	sek		錫紙	sekjí
隻	jek		雞隻	gāijek
踢	tek		踢波	tekbō

5　情景説話練習

1.　Yùhgwó néih yáuh chín, néih wúih dímyéung tàuhjī? Dímgáai? Yùhgwó m̀sīk tàuhjī, chéng néih chénggaau kèihtā tùhnghohk. 如果你有錢，你會點樣投資？點解？如果唔識投資，請你請教其他同學。

2. Gāngeui jihgéi ge gīnglihk waahkjé mùihtái ge boudouh, góngháh sātyihp deui séhwúi tùhng gātìhng yáuh mātyéh yínghéung, tùhngmàaih jingfú yīnggōi chóichéui mātyéh chousī wùhn'gáai sātyihp mahntàih. 根據自己嘅經歷或者媒體嘅報導，講吓失業對社會同家庭有乜嘢影響，同埋政府應該採取乜嘢措施緩解失業問題。

3. Chéng fānjóu tóuhleuhn yíhhah géigo mahntàih: (1) Dímgáai yáuhdī yàhn yiu kāpduhk? (2) Yáuhdī kāpduhk ge yàhn gaaijóduhk jīhauh wúih joi kāpfāan, dímgáai nē? (3) Yáuh mātyéh baahnfaat hóyíh bōng yàhn yùhnchyùhn lèihhōi duhkbán nē? Jīhauh jēung tóuleuhn gitgwó heung chyùhn bāan bougou. 請分組討論以下幾個問題：（一）點解有啲人要吸毒？（二）有啲吸毒嘅人戒咗毒之後會再吸返，點解呢？（三）有乜嘢辦法可以幫人完全離開毒品呢？之後將討論結果向全班報告。

4. Chéng fānsìhng jing fáan sēung fōng jauh "chēunggeih hahpfaatfa" mahntàih jeunhàhng bihnleuhn. 請分成正反雙方就"娼妓合法化"問題進行辯論。

5. Fānjóu tóuleuhn yíhhah sāam júng yigin: (1) "Fuhmóuh lóuhjó, jáinéui yīnggōi tùhng fuhmóuh jyuh, jiugu kéuihdeih." (2) "Lóuhyàhn yīnggōi jihgéi jiugu jihgéi, waahkjé yahp lóuhyàhnyún."(3) "Lóuhyàhn yīnggōi yàuh jingfú jiugu." Jīhauh jēung tóuleuhn gitgwó heung chyùhn bāan bougou. 分組討論以下三種意見：（一）"父母老咗，仔女應該同父母住，照顧佢哋。"（二）"老人應該自己照顧自己，或者入老人院。"（三）"老人應該由政府照顧。"之後將討論結果向全班報告。

6. Néih jyúchìh yātgo waih Bóulèuhnggúk chàuhfún ge chìhsihn wuhtduhng. Chéng néih gāngeui jīchìhn sáujaahp ge jīlíu ji hōimohkchìh, yiu gaaisiu Bóulèuhnggúk ge lihksí, símihng tùhng fuhkmouh, bihngché fūyuh chēutjihk ge gokgaai yàhnsih hóngkoi gyūnjahng. 你主持一個為保良局籌款嘅慈善活動。請你根據之前搜集嘅資料致開幕詞，要介紹保良局嘅歷史、使命同服務，並且呼籲出席嘅各界人士慷慨捐贈。

7. Seuhng tàih jūng ge chàuhfún wuhtduhng gitchūk jīhauh, néih hái baimohk yìhsīk seuhng doihbíu Bóulèuhnggúk heung gyūnjahng jé bíusih gámjeh. 上題中嘅籌款活動結束之後，你喺閉幕儀式上代表保良局向捐贈者表示感謝。

暢談教育制度

1 課文

羅馬拼音	廣東話
Gaauyuhk haih ge Jēung lóuhsī tùhng yāt bāan tùhnghohk tóuleuhngán Hēunggóng yihnsìh ge gaauyuhk jaidouh. Daaihgā faatbíu yigin jīchìhn, kéuih chéng yātgo tùhnghohk gáandāan gám júnggitháh Hēunggóng ge gaauyuhk jaidouh haih dím ge sīn.	教育系嘅張老師同一班同學討論緊香港現時嘅教育制度。大家發表意見之前，佢請一個同學簡單噉總結吓香港嘅教育制度係點嘅先。
Lòh Màhn-fāi:	羅文輝：
Gám ngóh làih góngháh lā. Hēunggóng yìhgā sahthàhng gáu nìhn míhnfai ge kéuhngbīk gaauyuhk, sóyáuh luhk ji sahpńgh seui ge hohktùhng dōu bītsēui yahphohk duhksyū. Kéuhngbīk gaauyuhk gāaidyuhn bāaukut síuhohk tùhng chōjūng. Sóyáuh gūngyìhng síuhohk tùhng daaihbouhfahn ge jījoh síuhohk dōu yùhnchyùhn míhnfai, jíyáuh síubouhfahn sīlahp síuhohk yìhngyìhn sāufai.	噉我嚟講吓啦。香港而家實行九年免費嘅強迫教育，所有六至十五歲嘅學童都必須入學讀書。強迫教育階段包括小學同初中。所有公營小學同大部分嘅資助小學都完全免費，只有小部分私立小學仍然收費。
Jūnghohk fānwàih chōjūng tùhng gōujūng. Jūngyāt ji Jūngsāam haih chōjūng, chōjūng tùhng síuhohk yātyeuhng haih míhnfai ge. Yíhchìhn, gōujūng haih jí Jūngsei ji Jūngńgh. Hohksāang duhkyùhn Jūngńgh wúih chāamgā jūnghohk wuihháau, sìhngjīk hóu ge jauh hóyíh gaijuhk duhk léuhng nìhn daaihhohk yuhfō, jīkhaih Jūngluhk tùhng Jūngchāt. Duhkyùhn Jūngchāt, hóyíh chāamgā gōukāp chìhngdouh wuihháau. Yùhgwó sìhngjīk bīuchēng, jauh hóyíh yahp daaihhohk.	中學分為初中同高中。中一至中三係初中，初中同小學一樣係免費嘅。以前，高中係指中四至中五。學生讀完中五會參加中學會考。成績好嘅就可以繼續讀兩年大學預科，即係中六同中七。讀完中七，可以參加高級程度會考。如果成績標青，就可以入大學。

羅馬拼音	廣東話
Yihlìhnglìhnggáu nìhn chyùhnmihn tēuihàhng sān hohkjai. Daaihhohk yuhfō chéuisīujó, yùhnlòih ge léuhng chi wuihháau binsìhng yāt go gūnghōi si.	2009年全面推行新學制。大學預科取消咗，原來嘅兩次會考變成一個公開試。
Hēunggóng yìhgā yáuh Hēunggóng Daaihhohk, Hēunggóng Jūngmàhn Daaihhohk dáng baat gāan yàuh Daaihhohk Gaauyuhk Jījoh Wáiyùhnwúi jījoh ge yúnhaauh, sāam gāan chòihjing jihkāp ge yúnhaauh, jīkhaih Gūnghōi Daaihhohk, Hēunggóng Syuhyàhn Daaihhohk tùhng Jyūhói Hohkyún, juhngyáuh yàuh gūngtóng jījoh ge Hēunggóng Yínngaih Hohkyúm.	香港而家有香港大學、香港中文大學等八間由大學教育資助委員會資助嘅院校，三間財政自給嘅院校，即係公開大學、香港樹仁大學同珠海學院，仲有由公帑資助嘅香港演藝學院。
Jiyū gódī séung gaijuhk sāmchou ge sìhngyàhn, jauh hóyíh syúnjaahk duhk Gūnghōi Daaihhohk ge fochìhng. Gahnnìhn Hēunggóng jingfú dōu yáuh jījoh yātdī gēikau hōibaahn jīkyihp fanlihn fochìhng tùhng màhnpàhng fochìhng, dáng gok leuih yàhnsih dōu yáuh chìhjuhk jeunsāu ge gēiwuih.	至於嗰啲想繼續深造嘅成人，就可以選擇讀公開大學嘅課程。近年香港政府都有資助一啲機構開辦職業訓練課程同文憑課程，等各類人士都有持續進修嘅機會。
Hēunggóng gaauyuhk jaidouh ge chìhngfong daaihjiseuhng jauhhaih gámyéung.	香港教育制度嘅情況大致上就係噉樣。
Jēung lóuhsī:	張老師：
Fēisèuhng hóu! Gám néihdeih wah muhkchìhn Hēunggóng ge gaauyuhk jaidouh mihndeui dī mātyéh mahntàih tùhng kwannàahn nē?	非常好！噉你哋話目前香港嘅教育制度面對啲乜嘢問題同困難呢？
Wòhng Yáuh-jūng:	黃友中：
Ngóh gokdāk Hēunggóng séhwúi taai juhngsih háausi sìhngjīk tùhng hohkwái. Hohksāang gēngjyuh sìhngjīk chāgwo yàhn, jauh yiu bokmehng pàauhsyū. Ngóh geidāk Jūngluhk wuihháau jīchìhn, gūngfo dōdou jouhgihk dōu jouhm̀yùhn, ngóhdeih sìhsìh dōu yiu ngàaihgāang dáiyeh jouh ga. Yùhgwó jēung sājí m̀gau ngaahng, bātyihp chēutlàih bīndouh dōu m̀yiu néih. Mātyéh "chyùhnyàhn gaauyuhk", dōuhaih dāk go "góng" jih.	我覺得香港社會太重視考試成績同學位。學生驚住成績差過人，就要搏命䠋書。我記得中六會考之前，功課多到做極都做唔完，我哋時時都要捱更抵夜做㗎。如果張沙紙唔夠硬，畢業出嚟邊度都唔要你。乜嘢「全人教育」，都係得個「講」字。

羅馬拼音	廣東話
Āu Gā-mìhng:	區家明：
Hēunggóng ge jūngsíu hohksāang jānhaih hóuchíh dī daaihyàhn gam mòhng. Ngóh síuhohk gójahnsìh ngūkkéi jauh yáuh bōng ngóh chéng bóujaahp sīnsāang. Chèuihjó fāanhohk tùhng jouh gūngfo, jauhhaih wānsyū, bóujaahp, hohkkàhm, gānbún móuh wáan ge sìhgaan. Jūnghohk jauh heui bóujaahpséh. Bātgwo góngfāan jyuntàuh, bóujaahp dōu yáuhyuhng ge. Dī sīnsāang gaau dī yingsi geihháau béi néih, bōng néih wánmàaih jīlíu, béimàaih "tīpsí" néih. Wuihháau gihngjāng gam gīkliht, yùhgwó m̀bóujaahp, ngóh m̀jī duhk m̀duhkdóu daaihhohk.	香港嘅中小學生真係好似啲大人咁忙。我小學嗰陣時屋企就有幫我請補習先生。除咗返學同做功課，就係溫書、補習、學琴，根本冇玩嘅時間。中學就去補習社。不過講返轉頭，補習都有用嘅。啲先生教啲應試技巧俾你，幫你搵埋資料，俾埋"貼士"你。會考競爭咁激烈，如果唔補習，我唔知讀唔讀倒大學。
Jāu Méih-yīng:	周美英：
Gám jīkhaih tìhn'aapsīk gaauyuhk jē! M̀dāanjí bóujaahpséh, hohkhaauh dōu haih gám. Sīnsāang paai bātgei, hohksāang jíyiu buihsuhk bātgei, jauh hóyíh háaudóu gōufān, dōu m̀sái jihgéi námyéh gé. Yìhgā Hēunggóng góng pùihyéuhng búndeih yàhnchòuh, góng faatjín chongyi cháanyihp, gám ge gaauyuhk fōngfaat táipa dōu géinàahn múhnjūkdóu nīdī sēuiyiu. Hohkhaauh tùhng hohksāang jānhaih m̀yīnggōi háhháh tái sìhngjīk, "Kàuhhohk bātsih kàuh fānsou" ā ma.	噉即係填鴨式教育啫！唔單止補習社，學校都係噉。先生派筆記，學生只要背熟筆記，就可以考倒高分，都唔使自己諗野嘅。而家香港講培養本地人才，講發展創意產業，噉嘅教育方法睇怕都幾難滿足倒呢啲需要。學校同學生真係唔應該下下睇成績，"求學不是求分數"吖嘛。
Géigo tùhnghohk ngahptáu jaansìhng.	幾個同學岌頭贊成。
Làuh Háau-wàhn:	劉巧雲：
Kèihsaht gahnnìhn Hēunggóng jingfú waihjó gáamdāi sīnghohk aatlihk, yíhgīng buhtdōjó gīngfai faatjín daaihjyūn gaauyuhk, juhknìhn jānggā daaihhohk hohkwái, lihng dōdī gōujūng bātyihpsāng yáuh gēiwuih duhk daaihhohk. Hēunggóng hohksāang juhng yáuh yāt go syúnjaahk haih heui hóingoih sīnghohk.	其實近年香港政府為咗減低升學壓力，已經撥多咗經費發展大專教育，逐年增加大學學位，令多啲高中畢業生有機會讀大學。香港學生仲有一個選擇係去海外升學。

羅馬拼音	廣東話
Jāu Méih-yīng:	周美英：
M̀haih gogo dōu heuidóu ngoihgwok sīnghohk ge bo, yiu kaau ūkkéi ge gīngjai jīwùhn sīnji yáuh nīgo tìuhgín.	唔係個個都去倒外國升學嘅嘛，要靠屋企嘅經濟支援先至有呢個條件。
Làuh Háau-wàhn:	劉巧雲：
Gám jisíu síujó dī yàhn jāang hohkwái lā. Jūnghohk bātyihp jīhauh, chèuihjó duhk daaihhohk jīngoih, kèihsaht juhng yáuh daihyihdī syúnjaahk hóyíh jih'ngóh jāngjihk ge. Peiyùhwah chāamgā jīkyihp fanlihn, waahkjé hohkyún hōichit ge chìhjuhk jeunsāu fochìhng, hahp jīgaak ge yàhn juhng hóyíh héungsauh jingfú jījoh. Yìhgā jíyiu séung duhksyū, gēiwuih dōu m̀síu, jeui gányiu jihgéi yáuh seuhngjeunsām.	噉至少少咗啲人爭學位啦。中學畢業之後，除咗讀大學之外，其實仲有第二啲選擇可以自我增值嘅。譬如話參加職業訓練，或者學院開設嘅持續進修課程，合資格嘅人仲可以享受政府資助。而家只要想讀書，機會都唔少，最緊要自己有上進心。
Jāu Méih-yīng:	周美英：
Ngóh wah Hēunggóng ge gaauyuhk juhng yáuh yāt go hóu daaih ge jeungngoih, jauh haih gaauhohk yúhyìhn m̀túngyāt. Dōsou jūngsíu hohkhaauh yuhng Gwóngdūngwá gaauhohk, síusou chyùhn yuhng Yīngmàhn gaauhohk, hái daaihhohk jauh jíyáuh Jūngmàhn, Jūngsí nīdī fōmuhk yuhng Jūngmàhn gaau, kèihtā ge fōmuhk dōuhaih yuhng Yīngmàhn gaau. Jyunlàih jyunheui gám, hohksāang waahkjé jēuim̀dóu.	我話香港嘅教育仲有一個好大嘅障礙，就係教學語言唔統一。多數中小學校用廣東話教學，少數全用英文教學，喺大學就只有中文、中史呢啲科目用中文教，其他嘅科目都係用英文教。轉嚟轉去噉，學生或者追唔倒。
Lòh Màhn-fāi:	羅文輝：
Gónghéi móuhyúh gaauhohk nīgo mahntàih jānhaih hóu màauhtéuhn. Sēuiyìhn jingfú tēuihàhng móuhyúh gaauhohk, bātgwo yàhnyàhn dōu jīdou Yīngmàhn hái Hēunggóng géi gam juhngyiu. Yùhgwó yāt go yàhn Yīngmàhn hóu, hóu yùhngyih wándóu yāt fahn yàhngūng yauh hóu, jīkwaih yauh gōu ge gūng, m̀gwaaidāk gamdō gājéung géidáai dōu yiu sung dī jáinéui heui Yīngmàhn hohkhaauh duhksyū lā.	講起母語教學呢個問題真係好矛盾。雖然政府推行母語教學，不過人人都知道英文喺香港幾咁重要。如果一個人英文好，好容易搵倒一份人工又好、職位又高嘅工，唔怪得咁多家長幾大都要送啲仔女去英文學校讀書啦。

羅馬拼音	廣東話
Lihng yāt fōngmihn, yìhgā Hēunggóng ge yúhyìhn wàahngíng, léuhngmàhn sāamyúh bihngchyùhn, hohksāang yiu sīk Jūng Yīng màhn, Gwóngdūngwá tùhng Póutūngwá, búnlòih yíhgīng yuhng hóudō sìhgaan hái hohkjaahp yúhyìhn seuhngbihn. Taai jóu yuhng Yīngmàhn gaau fōmuhk, síupàhngyáuh dī Yīngmàhn dōu meih hohkhóu, sīnsāang góng ge yéh kéuih dōu tēng m̀mìhng. Sóyíh ngóh goyàhn haih jīchìh móuhyúh gaauhohk ge.	另一方面，而家香港嘅語言環境，兩文三語並存，學生要識中英文、廣東話同普通話，本來已經用好多時間喺學習語言上便。太早用英文教科目，小朋友啲英文都未學好，先生講嘅嘢佢都聽唔明。所以我個人係支持母語教學嘅。
Wòhng Yáuh-jūng:	黃友中：
Ngóhdeih jēunggahn bātyihp ge hohksāang yìhgā jauh gokdāk hóu màihmóhng, yānwaih jauhsyun daaihhohk bātyihp dōu hóu nàahn wándóu yéh jouh. Maahn lèhng mān séjihlàuh gūng dōu jāang bāng tàuh. Jingfú gūng ganggā m̀sái nám, lìhn wùihlàuh fāanlàih gódī yàhn dōu hāujyuh jingfú gūng, gám yàhndeih gánghaih chéng jamgwo hàahmséui gódī lā.	我哋將近畢業嘅學生而家就覺得好迷惘，因為就算大學畢業都好難搵倒嘢做。萬零蚊寫字樓工都爭崩頭。政府工更加唔使諗，連回流返嚟嗰啲人都睄住政府工，嗰人哋梗係請浸過鹹水嗰啲啦。
Lòh Màhn-fāi:	羅文輝：
Gám néih haih maih yātdihng yiu jouhfāan búnhòhng, sóyíh sīnji wánm̀dóu a?	噉你係咪一定要做返本行，所以先至搵唔倒呀？
Wòhng Yáuh-jūng:	黃友中：
Jouh m̀fāan búnhòhng jauh yuhjó ge laak. Yìhgā mahntàih haih gānbún móuh gūng béi néih jouh. Jauhsyun jouh deihpùhn gūngyàhn, yàhndeih dōu yìhm néih gīngyihm m̀gau. Yùhgwó taaifún duhksyū juhng séi, meih wánchín jauh jāang lohk sèhng sān jaai, dōu m̀jī duhk gamdō syū waih māt.	做唔返本行就預咗嘅嘞。而家問題係根本冇工俾你做。就算做地盤工人，人哋都嫌你經驗唔夠。如果貸款讀書仲死，未搵錢就爭落成身債，都唔知讀咁多書為乜。
Jāu Méih-yīng:	周美英：
Yauh m̀hóyíh gám góng. Duhksyū dōu haih waihjó tàihsīng jihgéi jē, ngóhdeih yiu chèuhngyúhn dī tái ā ma.	又唔可以噉講。讀書都係為咗提升自己啫，我哋要長遠啲睇吓嘛。

語法語義註釋

☞ **做極都做唔完** 怎麼做都做不完。"〈動詞〉極都……"表示怎麼做都會產生後面的結果。如"食極都唔肥"意思是"怎麼吃都不胖";"話極佢都係亂擠啲臭襪"意思是"怎麼說他都是亂放臭襪子"。

☞ **下下** 表示每次、老是、總是等等的意思,帶有反問、諷刺、責怪、批評的語氣。例如:

1. 你係唔係下下都要遲到幾個字先至安樂呀?!（你是不是每次都要遲到十幾二十分鐘才高興?!）

2. 你幫人做啲嘢,使唔使下下都講錢啫!(你幫人幹點事,不要總談錢嘛!)

3. 你下下都就佢,點得呀?!（你次次都遷就他可怎麼行?!）

4. 下下都問人唔係咁好嘅,自己諗吓啦。(老是問人不太好吧,自己想想吧。)

2 詞語

2.1 生詞

	廣東話		釋義
1	hohktùhng	學童	學齡兒童
2	bīuchēng	標青	出色
3	gūngtóng	公帑	政府的資金
4	gēngjyuh	驚住	生怕
5	pàauhsyū	刨書	啃書

		廣東話		釋義
6	bokmehng	搏命		拚命
7	ngàaih gāang dái yeh	捱更抵夜		開夜車，熬夜
7.1	dái	抵		忍受
8	sājí	沙紙		文憑，證書
9	dāk go "góng" jih	得個"講"字		光説不做
10	bóujaahp sīnsāang	補習先生		家教
11	góngfāan jyuntàuh	講返轉頭		話説回來
12	tīpsí	貼士		提示；小費
13	m̀dāanjí	唔單止		不但，不只
14	paai	派		分發
15	táipa	睇怕		恐怕
16	ngahptáu / ngahptàuh	岌頭		點頭
17	gáamdāi	減低		減少，減小，減輕
18	jēuim̀dóu	追唔倒		跟不上
19	m̀gwaaidāk	唔怪得		怪不得
20	géidáai	幾大		無論如何
21	séjihlàuh gūng	寫字樓工		文職工作
22	jāang bāng tàuh	爭崩頭		擠破頭
22.1	bāng	崩		缺，破
23	wùihlàuh	回流		外出求學或謀生的人回來定居

	廣東話		釋義
24	hāu	吼 / 睺	盯着；虎視眈眈
25	jam hàahmséui	浸鹹水	去海外鍍金
26	yuhjó	預咗	有思想準備
27	deihpùhn	地盤	建築工地
28	séi	死	慘，糟
29	jāanglohk sèhng sān jaai / jāanglohk sìhng sān jaai	爭落成身債	欠下一屁股債

2.2　難讀字詞

1	kéuhngbīk gaauyuhk	強迫教育
2	sāmchou	深造
3	màhnpàhng	文憑
4	buhtfún	撥款
5	jih'kāp	自給
6	màauhtéuhn	矛盾
7	gihngjāng	競爭
8	tìhn'aapsīk / tìhn'áapsīk	填鴨式
9	màihmóhng	迷惘
10	taaifún	貸款

3　附加詞彙

3.1　香港知名大學及中學校名

a. 大學

香港大學	Hēunggóng Daaihhohk
香港中文大學	Hēunggóng Jūngmàhn Daaihhohk
香港科技大學	Hēunggóng Fōgeih Daaihhohk
香港理工大學	Hēunggóng Léihgūng Daaihhohk
香港城市大學	Hēunggóng Sìhngsíh Daaihhohk
浸會大學	Jamwúi Daaihhohk
嶺南大學	Líhngnàahm Daaihhohk
香港教育學院	Hēunggóng Gaauyuhk Hohkyún
公開大學	Gūnghōi Daaihhohk
香港樹仁大學	Hēunggóng Syuhyàhn Daaihhohk
珠海學院	Jyūhói Hohkyún
香港演藝學院	Hēunggóng Yínngaih Hohkyún

b. 中學

喇沙書院	Lasā Syūyún
拔萃男／女書院	Bahtseuih Nàahm／Néuih Syūyún
聖保祿學校	Sing Bóuluhk Hohkhaauh
聖若瑟英文書院	Sing Yeuhksāt Yīngmàhn Syūyún
屯門官立中學	Tyùhnmùhn Gūnlahp Jūnghohk

佛教善德英文中學	Fahtgaau Sihndāk Yīngmàhn Jūnghohk

3.2　與學校生活相關的用語

升學	sīnghohk	改簿	góibóu
升中	sīngjūng	改文	góimán
報讀	bouduhk	抄筆記	chāau bātgei
派位	paaiwái	默書	mahksyū
升班	sīngbāan	背書	buihsyū
跳班	tiubāan	貼堂	tiptòhng
留班	làuhbāan	作弊	jokbaih
冧班	lahmbāan	通水	tūngséui
上堂	séuhngtòhng	出貓	chēutmāau
小息	síusīk	請槍	chéngchēung
轉堂	jyuntòhng	訓導	fandouh
落堂	lohktòhng	罰抄書	faht chāausyū
備課	beihfo	留堂	làuhtòhng
聽書	tēngsyū	記過	geigwo
溫書	wānsyū	開除	hōichèuih
講書	góngsyū		

3.3　文具及辦公用品

墨水筆	mahkséuibāt	鉸剪	gaaujín
原子筆	yùhnjíbāt	塗改液	tòuhgóiyihk
鉛筆	yùhnbāt	改正帶	góijingdáai
擦紙膠	chaatjígāau	膠紙	gāují
間尺	gaanchék	膠水	gāauséui
筆刨	bātpáau	萬字夾	maahnjihgáap
書籤	syūchīm	釘書機	dēngsyūgēi
文件袋	màhngíndói	計數機	gaisougēi
快勞夾	fāailóugáap	影印機	yíngyan'gēi
鎅紙刀	gaaijídōu		

附加詞彙粵普對照表

廣東話	釋義
派位	分配學位
升班	升級
跳班	跳級
留班	留級
㦬班	重讀
備課	（教師）備課；（學生）預習
聽書	聽課

廣東話	釋義
溫書	溫習，複習
講書	講課
改簿	改作業
改文	改作文
默書	默寫；聽寫
貼堂	優秀作業貼在課堂上展覽
通水	泄露考題或答案
出貓	作弊
請槍	請槍手
訓導	批評教育
墨水筆	鋼筆
原子筆	圓珠筆
擦紙膠	橡皮
間尺	尺子
筆刨	削筆刀，捲筆刀
快勞夾	文件夾
鎅紙刀	裁紙刀
鉸剪	剪刀
透明膠紙	透明膠
萬字夾	迴形針
計數機	計算器
影印機	複印機

4　語音練習：粵普韻母相異字例（3）

4.1　i-it

必	bīt		未必	meihbīt
秩	diht		秩序	dihtjeuih

4.2　i-ik

逼	bīk		逼害	bīkhoih
碧	bīk		小家碧玉	síugābīkyuhk
壁	bīk		牆壁	chèuhngbīk
的	dīk		目的	muhkdīk
敵	dihk		無敵	mòuhdihk
滴	dihk		一點一滴	yātdímyātdihk
迪	dihk		迪士尼	Dihksihnèih
即	jīk		即刻	jīkhāak
積	jīk		積勞成疾	jīklòuh sìhngjaht
職	jīk		職員	jīkyùhn
籍	jihk		國籍	gwokjihk
極	gihk		積極	jīkgihk
激	gīk		刺激	chigīk
擊	gīk		打擊	dágīk
癖	pīk		怪癖	gwaaipīk
闢	pīk		開闢	hōipīk
戚	chīk		親戚	chānchīk

斥	chīk	斥責	chīkjaak
適	sīk	適應	sīkying
息	sīk	休息	yāusīk
析	sīk	分析	fānsīk
惜	sīk	可惜	hósīk
飾	sīk	金飾	gāmsīk
釋	sīk	如釋重負	yùhsīkchúhngfuh
力	lihk	自食其力	jihksihkkèihlihk
歷	lihk	履歷	léihlihk
礫	līk	瓦礫	ngáhlīk
憶	yīk	記憶	geiyīk
疫	yihk	瘟疫	wānyihk
譯	yihk	翻譯	fāanyihk
逆	yihk	大逆不道	daaihyihkbātdouh
役	yihk	兵役	bīngyihk
易	yihk	易經	Yihkgīng
剔	tīk	挑剔	tīutīk

4.3 i-ut

荸	buht	荸薺	buhtchàih

4.4 er-i

二	yih	二十一	yihsahpyāt
耳	yíh	耳仔軟	yíhjáiyúhn

兒	yìh
爾	yíh
而	yìh

兒童	yìhtùhng
出爾反爾	chēutyíhfáanyíh
而家	yìhgā

5　情景說話練習

1. Chéng sāamwái tùhnghohk fānbiht baahnyín Gaauyuhkguhk ge fuhjaakyàhn, haauhjéung tùhng gaausī, hōiwúi tóuleuhn míhnfai kéuhngbīk gaauyuhk só mihndeui ge kwannàahn, bāaukwut gīngfai, gaausī yàhnsáu, fosāt dihtjeuih dángdáng. 　請三位同學分別扮演教育局嘅負責人、校長同教師，開會討論免費強迫教育所面對嘅困難，包括經費、教師人手、課室秩序等等。

2. Hēunggóng sahthàhng kéuhngbīk gaauyuhk, luhk ji sahpngh seui ge hohktùhng bītsēui yahp hohk haauh duhksyū. Daahnhaih yáuhdī yàhn wah, hóudō saimānjái móuh sāmgēi duhksyū. Bīk kéuih deih làuh hái fosāt léuihbihn, jíyáuh powaaih fosāt dihtjeuih, lihngdou gódī hóu ge hohksāang dōu sauh yínghéung. Néih jīchìh yīkwaahk fáandeui nījúng táifaat? Chéng néih góngchēut léih yàuh. 　香港實行強迫教育，六至十五歲嘅學童必須入學校讀書。但係有啲人話，好多細蚊仔冇心機讀書。逼佢哋留喺課室裏便，只有破壞課室秩序，令到嗰啲好嘅學生都受影響。你支持抑或反對呢種睇法？請你講出理由。

3. Géuilaih syutmìhng "tìhn'aapsīk gaauyuhk" ge dahkdím, yùhnyān yíhkahp deui hahyātdoih ge yínghéung. 　舉例說明"填鴨式教育"嘅特點、原因以及對下一代有乜嘢的影響。

4. Gāngeui yíhhah chìhnggíng jeunhàhng deuiwah: Jiuh sīnsāang haih yātgāan jūnghohk ge séhgūng, yáuh go hohksāang làih wán kéuih, wah hóu m̀hōisām, gokdāk séijó wúih hóudī. Jiuh sīnsāang tùhng kéuih kīngjó hóunoih, líuhgáai kéuih ge johngfong, ōnwai kéuih, juhng yātchàih táiháh yáuh mātyéh gáaikyut ge baahnfaat. 　根據以下情景進行對話：趙先生係一間中學嘅社工，有個學生嚟搵佢，話好唔開心，覺得死咗會好啲。趙先生同佢傾咗好耐，了解佢嘅狀況，安慰佢，仲一齊睇吓有乜嘢解決嘅辦法。

5. Fān jing fáan sēung fōng jauh "Hēunggóng ge hohkhaauh yīnggōi yuhng móuhyúh gaauhohk" leuhntàih jeunhàhng bihnleuhn.　分正反雙方就 "香港嘅學校應該用母語教學" 論題進行辯論。

6. Wòhng sīnsāang ge jái hái yātgāan chyùhnyahtjai Jūngmàhn jūnghohk duhk Jūngsāam; Sung táai ge néui hái yātgāan Yīngmàhn gaauwúi hohkhaauh duhk Jūngyih; Gām sīnsāang ge jái hái yātgāan sīlahp jūnghohk duhk Jūngsei, nīgāan hohkhaauh tùhngsìh yuhng Yīngmàhn tùhng Gwóngdūngwá. Chéng sāamwái tùhnghohk baahnyín nī sāamgo goksīk, gónghá jihgéi jáinéui ge hohkhaauh sāngwuht tùhng fo'ngoih wuhtduhng.　黃先生嘅仔喺一間全日制中文中學讀中三；宋太嘅女喺一間英文教會學校讀中二；金先生嘅仔喺一間私立中學讀中四，呢間學校同時用英文同廣東話。請三位同學扮演呢三個角色，講吓自己仔女嘅學校生活同課外活動。

7. Léihséung ge gaauyuhk jaidouh haih yàhnyàhn dōu gūngpìhng gám yáuh jipsauh gaauyuhk ge gēiwuih. Yáuh yàhn gokdāk yiu daahtdou nīgo muhkdīk, gaauyuhk yātdihng yiu yáuh sāam go tiùhgín, jauhhaih: míhnfai ge, kéuhngbīk ge tùhngmàaih fēi jūnggaau ge. Gónghá néih deui yíhseuhng gūndím ge táifaat.　理想嘅教育制度係人人都公平嘅有接受教育嘅機會。有人覺得要達到呢個目的，教育一定要有三個條件，就係：免費嘅、強迫嘅同埋非宗教嘅。講吓你對以上觀點嘅睇法。

詞語索引

課	號	耶魯拼音	廣東話	釋義	English
1	28	báangaanfóng	板間房	房中房	cubical apartment, apartment subdivided into units / rooms which are rented to different families / individuals
2	3	bāau lòh maahn yáuh	包羅萬有	包羅萬象	all-embracing, all-inclusive
6	8	bāaubóu	包保	打包票，保證	to guarantee
5	27	baih	弊	糟	too bad; Oh no!
10	22.1	bāng	崩	缺，破	broken, damaged
2	20	bāt	撥	盛，舀	to ladle, to spoon
8	21	béi	俾	讓，允許	to let, to permit
1	5	bīkgihp	逼狹	狹小，擠	overcrowded, congested
4	28	bīkyàhn	逼人	人多擁擠	crowded with people
10	2	bīuchēng	標青	出色	outstanding
10	6	bokmehng	搏命	拚命	with all one's might; to risk one's life
3	20	boktàuh	膊頭	肩膀	shoulder
2	14	bōngchan	幫襯	光顧	(informal) to patronise (a shop)
1	30	bōngsáu	幫手	幫忙；幫忙的人，幫手	to help; helper
10	10	bóujaahp sīnsāang	補習先生	家教	private tutor

課	號	耶魯拼音	廣東話	釋義	English
1	21	buhng	棒	牆的量詞	measure word for "wall"
1	4	būnhōi	搬開	搬出去	to move away (from the people with whom one previously lived)
1	29	būn'ūk / būnngūk	搬屋	搬家	to move (to another home)
5	25	chāaigún	差館	警察局	police station
5	3	chāaiyàhn	差人	警察	policeman
3	30	chàahn	殘	（衣服）舊了，不再光鮮了	(of clothes) old and shabby
2	32	chaang tóigeuk	撐枱腳	（戀人）一塊兒吃飯，享受二人世界	(couple) dine together
7	5	chàh	茶	中藥；茶	Chinese herbal medicine; tea
3	29	chaau	□	找，搜，翻	to search for
3	18	cháau lóuhsai yàuhyú	炒老細魷魚	辭職不幹	to quit a job
9	13	cháaunūng	炒燶	炒股虧本以至血本無歸	to suffer great loss in speculation
9	34	chaujái	湊仔	帶孩子	to take care of one's child / children
4	27	chē	車	開車送；（車）撞或碾	to drive someone (to somewhere); to run over with a vehicle
1	14	chēfòhng	車房	汽車維修站	motor repair shop

課	號	耶魯拼音	廣東話	釋義	English
9	3	cheung Góngjí	唱港紙	換港幣	to change another currency to Hong Kong dollar
9	3.1	cheung sáanjí	唱散紙	換零錢	to convert notes into small change
8	2	chēutkèih	出奇	奇怪	surprised; surprising, strange
5	26	chìhdaaihdou	遲大到	大大地遲到	to be very late (for an appointment)
2	11	Chìuhjāu dálāang	潮州打冷	大排檔風味的潮州菜	Chiu Chow food (usually not in fine dining restaurants)
8	16	chóhgāam	坐監	坐牢	to serve jail term
9	7	chōlàih bouhdou	初嚟埗到	初來乍到	just arrived
8	3	chóuh	揩	存	to accumulate; to save (money)
4	10	chūngchàh	沖茶	泡茶	to make tea
1	10	chūnglèuhngfóng	沖涼房	浴室	bathroom
6	29	dá gwāandáu	打關斗	翻跟斗	to do somersaults
5	14	dá hòhbāau	打荷包	偷錢包	to pick pocket
7	8	dá ngàhgaau	打牙骹	閒聊	to chat
5	10	dá sèhbéng	打蛇餅	形容排隊的人非常多，隊伍如蛇般盤曲	to queue up in a very long line

課	號	耶魯拼音	廣東話	釋義	English
4	18	daaih ōn jí yi / daaih ngōn jí yi	大安旨意	滿以為；過分放心	to assume (favourable results) with too much confidence
3	27	daaihbá	大把	很多	lots of
4	14	daaihhohn dahp saihohn	大汗扰細汗	汗流浹背	drenched in sweat
8	9	daaihjahnjeuhng	大陣仗	動靜很大；大場面	a spectacle; a big fuss
5	19	daaihjí	大紙	大面額鈔票	banknote with high face value
9	25	daaihyíhlūng	大耳窿	放高利貸者；高利貸	loan shark
5	4	dāan	單	樁，件，筆，事件、案件、生意等的量詞	measure word for "event", "criminal case", "business", etc.
6	2	dāanjēung	單張	宣傳單	flyer
2	12	dábīnlòuh	打邊爐	吃火鍋	to have hot-pot
6	24	dahkdāng	特登	特地；故意	specially; on purpose
7	12	dahng	戥	替	(to feel) for, on one's behalf
10	7.1	dái	抵	忍受	to endure
9	14	daihbíu	遞表	交申請表	to hand in application
5	12	dájīm	打尖	插隊，加塞	to jump the line
10	9	dāk go "góng" jih	得個"講"字	光説不做	all words, no action

課	號	耶魯拼音	廣東話	釋義	English
5	17	dámdāi	揼低	扔下	to throw down; to abandon; to leave behind
1	31.1	dau	竇	窩	nest, den
6	22	deihdáam	地膽	對當地瞭如指掌的人	a person who know an area like the back of his / her hand
10	27	deihpùhn	地盤	建築工地	construction site
9	29	dim	掂	碰，觸	to touch
5	22	dímsyun	點算	怎麼辦	what to do
9	27	dōdāk	多得	多虧	thanks to
6	20	dohk	度	思量	to think over
5	2	dohngsāt (louh)	蕩失（路）	迷路	to be lost, cannot find one's way
7	22.2	dōnggāang / dōngjihk	當更 / 當值	當班，值班	on duty
4	21	dōngkèihsìh	當其時	當時	at the time
4	26	duhnghéi	戙起	豎起	to erect, to stick up
2	13	faahnháp	飯盒	盒飯；飯盒	box lunch, lunch box
7	25	fāan jyun tàuh	返轉頭	回頭，回來	to turn back
7	11	faat ngauhdauh	發吽哣	發呆，發楞	to be in a daze
9	10	fasyun	化算	划算	well worthy, to be a good bargain

課	號	耶魯拼音	廣東話	釋義	English
5	5	fobáan	貨辦	貨樣	sample of goods
1	12	fongpún	放盤	把物業放到市場上出售或出租	to sell / lease a property
8	25	fūk	幅	地皮的量詞	measure word for "land"
1	3	futlohk	闊落	寬敞	spacious
2	15	gāaifōng	街坊	鄰里	people in the same neighbourhood
8	20	gāaijīu	街招	街頭廣告	poster on the street
9	28	gaailāt	戒甩	戒掉	to give up an addiction successfully
2	24	gāaisíh	街市	菜市場	wet market
10	17	gáamdāi	減低	減少，減小，減輕	to reduce, to decrease, to mitigate
1	25	gaanhōi	間開	隔開	to separate space with partitions
4	7	gaapáang / gaapngáang	夾硬	硬，勉強	by force, (to manage to do something) with difficulty
4	23	gaapfán / gapfán	夾份	湊份子	to pool money together
1	20	gaapsáu gaapgeuk	夾手夾腳	一起動手	to work together
7	19	gáaugáaujan	搞搞震	搞蛋	to make trouble, to cause disturbance
8	24	gāi dēung m̀tyúhn	雞啄唔斷	説個沒完	to talk non-stop

課	號	耶魯拼音	廣東話	釋義	English
8	14	gāján	家陣	現在	now
8	17.1	gáng	梗	不能動的	rigid, fixed, unmovable
1	16	gānjyuh	跟住	接着，然後	and then
5	29	gāpgāpgeuk	急急腳	急走着，急跑着	walking / running hastily
5	34	gāt	拮	刺	to stab
2	22	gau fólouh	夠火路	夠火候	boiled for a long time, boiled perfectly
2	28	gau wohkhei	夠鑊氣	形容用大火炒的菜很香、熱氣騰騰	(of fried food) well done
6	14	gauhjahnsìh / gauhjahnsí	舊陣時	很久以前	a long time ago
4	30	gauwahn	夠運	運氣好	to be lucky
10	20	géidáai	幾大	無論如何	no matter what
10	4	gēngjyuh	驚住	生怕	for fear to
1	1	gēuijyuh wàahngíng	居住環境	居住條件	living conditions / environment
9	17	gihng	勁	厲害	awesome
5	21	gīkséi yàhn	激死人	氣死人	It's really irritating.
10	11	góngfāan jyuntàuh	講返轉頭	話說回來	by the way
1	27	gónghōi yauh góng	講開又講	說起來	by the way
3	21	gónjyuh	趕住	趕着，急着	speedily, in a hurry

課	號	耶魯拼音	廣東話	釋義	English
4	29	guhk	焗	悶熱	stuffy
10	3	gūngtóng	公帑	政府的資金	public money
3	3	gwaiméih	季尾	季末	the end of a season
6	25	gwán'gáau	滾攪	打攪	to disturb, to trouble
5	8	gwánséui luhkgeuk	滾水淥腳	急急忙忙（地走）	(walking) in a big hurry
2	29	gwolùhng	過龍	過頭	overly
1	26	gwōngmáahng	光猛	亮堂	well-lighted
6	23.1	gyūn	捐	鑽	to get through
6	23	gyūnlūng gyūnla	捐窿捐罅	去那些不為人熟知的地方	to get through every nook and cranny (used to describe a person who is resourceful and skillful to find things)
9	22	hā	蝦	欺負	to bully
9	12	hàahng sēuiwahn	行衰運	倒霉	to be in bad luck
9	30	hàahngchā daahpcho	行差踏錯	失足	to take a wrong step
2	30	hàahnháandéi	閒閒哋	少說，至少	at least
7	29	hāakbohk	刻薄	苛刻而吝嗇；刻薄	miserly; grudging; harsh, unkind, mean
4	17	hāakjái	黑仔	倒霉	(colloquial) to have bad luck
8	6	hāangkèuih	坑渠	陰溝，下水道	gutter; sewer (for dirty water)

課	號	耶魯拼音	廣東話	釋義	English
6	12	hahn	恨	巴望	to want very much, to desire
6	13	hāp ngáahn fan	瞌眼瞓	打瞌睡	to doze
8	13	hāt yàhn jāng	乞人憎	討人厭	hateful
10	24	hāu	吼 / 睺	盯着；虎視眈眈	to keep an eye on; to fix one's eyes upon
8	26	héiláu	起樓	蓋樓房	to build a building
4	13	heilòh heichyún	氣羅氣喘	氣喘吁吁	panting
2	4	héisīn	起先	一開始	at the beginning
6	30	heiyún	戲院	電影院；劇院	cinema; theatre
10	1	hohktùhng	學童	學齡兒童	school children
1	8	hōiyèuhng	開揚	視線無阻擋，敞亮	well lighted with open view
5	33	hóudá	好打	擅長打架	good at fighting
9	20.2	hóusāmgēi	好心機	很專心，很用心	devoted, enthusiastic, very patient
4	6	jā faai chē	揸快車	開快車	to drive fast
10	22	jāang bāng tàuh	爭崩頭	擠破頭	to be in intense competition
10	29	jāanglohk sèhng sān jaai / jāanglohk sìhng sān jaai	爭落成身債	欠下一屁股債	to be heavily in debt
4	4	jāiyúng	擠擁	擁擠	(formal) crowded, congested

課	號	耶魯拼音	廣東話	釋義	English
10	25	jam hàahmséui	浸鹹水	去海外鍍金	to study / work in a developed country to enhance one's social status
9	4.1	jāngjihk	增值	充值	to add value to a stored-value card
7	4	jāp	執	抓（藥）	(in Chinese herbal medicine) to buy (ingredients according to the prescription)
4	9	jāp deihfōng	執地方	收拾地方	to tidy up a place
3	2	jāp pèhngfo	執平貨	撿便宜貨	to grab cheap goods
3	1	jāpdāk jeng	執得正	穿戴得整齊好看	well-dressed
5	18	jāphéi	執起	撿起	to pick up (from the floor)
7	31	jāplāp	執笠	倒閉	close (business)
3	25	jātsou	質素	質量；素質	quality
5	16.1	jáu	走	跑；離開	to run; to leave
6	11	jáubóu	走寶	錯失大好機會	to miss a good opportunity
6	21	jauh	就	遷就	to give in to someone's demand
8	28	jegeng	借鏡	借鑒	to draw lessons from, to draw on the experience of others

課	號	耶魯拼音	廣東話	釋義	English
4	25	jeuhksou	着數	划算	good bargain, advantage
10	18	jēuiṁdóu	追唔倒	跟不上	cannot keep up
9	26	jēuisou	追數	追債	to make persistent demands for payment of a debt
7	2	jī hāan sīk gihm	知慳識儉	懂得節儉	to be conscious of the morality of thrift
4	24	jībātgwo	之不過	不過	but, however
6	10	jihkchìhng	直情	簡直	simply, totally, at all (used to exaggerate)
3	10	jījíng	姿整	過於悉心地打扮	fastidious about dress and look; to dress up fastidiously
3	12	jíng	整	弄	(colloquial) to get, to obtain
6	17	jitmuhk	節目	活動項目；（電視、晚會等的）節目	entertainment; TV programme
1	6	jīufū	招呼	招待，接待	to entertain (guests)
5	9	jógán	左近	附近，不遠處	nearby
6	3	johng āam / johng ngāam	撞啱	碰巧	it just happens that…, to coincide
3	26	johngsāam	撞衫	恰巧和別人穿同樣的衣服	to happen to wear the same clothes with another person

課	號	耶魯拼音	廣東話	釋義	English
8	12	jójyuh	阻住	礙着，擋着，阻礙	to get in someone's way, to block
4	11	jónggwái	撞鬼	見鬼	This is absurd!
9	35	jósáu jógeuk	阻手阻腳	礙手礙腳	to be in someone's way
7	26	jouhdou teksaai geuk	做到踢晒腳	忙不過來	extremely busy
2	17	jyūndāng	專登	特意；故意；專程	specially; deliberately
3	17	jyungūng	轉工	跳槽	change job
1	7	kāatpín	咭片	名片	business card
4	20	kàhmkàhmchēng / kàhmkámchēng	噚噚青	急匆匆	in a hurry
9	31	kám	冚	搗毀；蓋	(police) to raid; to put a lid on
3	16	kèhlèh	騎呢	怪裏怪氣	weird, bizarre
4	15	kéihdihng	企定	站住	to stand still
6	28	kìhng	凝	（眼睛）轉不動，一眨不眨	staring
3	7	kīngdākmàaih	傾得埋	談得來	to get along well
9	21	kwàhnmàaih	群埋	和（壞人）混在一起	to mix with (usually bad) people
4	5	kwāilaih	規例	規則，條例	regulation, law
5	6	kwīklīkkwāaklāak	□□□□	零零碎碎（的東西）	an onomatopoeia expression meaning tons of little things

課	號	耶魯拼音	廣東話	釋義	English
6	23.3	la	罅	縫	gap
6	9	laahnméih	爛尾	不了了之	leaving something unsettled
3	14	laahnsān laahnsai	爛身爛世	（衣着）破破爛爛	in torn clothes
8	10	lāai	拉	抓，逮捕	to arrest
6	15	laap	擸	瞥	to glance
6	4	làhlàhsēng / làhlásēng	嗱嗱聲	趕緊	hurriedly, quickly
8	22	lahplaih	立例	制訂法律或條例	to legislate, to make laws
4	22	lahpláplyuhn	立立亂	亂糟糟	in a big mess
8	8.1	lam	冧	倒，塌	to collapse
9	23	lātsān	甩身	脱身	to get away
7	22.3	lèuhngāang / lèuhnbāan	輪更 / 輪班	輪班，倒班	on shift duty
1	17	lihnggai	另計	另算	the price of something not included in the sum
1	15	līp	軨	升降機，電梯	lift, elevator
8	23	lìuh	撩	招惹，逗引	to tease, to provoke; to cause, to encourage
1	18	lohkdehng	落訂	付訂金	to pay the deposit
5	24	lohk háugūng	落口供	錄口供	to take deposition; give statement / testimony to the police

課	號	耶魯拼音	廣東話	釋義	English
8	19	lohklihk	落力	大力，賣力	to make great efforts (to do something)
2	16	lohk ōdá	落柯打	下單	to place an order
7	24	lohksaai yìhng	落晒形	瘦了很多，憔悴了很多	to become much thinner and wan because of exhaustion, illness, etc.
7	27	lohksáu lohkgeuk	落手落腳	親自動手	to do something oneself
7	30	lōu	撈	幹活賺錢	(colloquial) to take a job in order to earn money
3	13	lóuhtóu	老土	土，土氣	rustic, uncouth
3	6	lóuhyáuhgei	老友記	老朋友，好夥伴	good friend, buddy
6	23.2	lūng	窿	洞，窟窿	hole
2	26	máahngfó	猛火	大火	under high-heat, a raging fire
4	3	màaihjaahm	埋站	到站	(bus, train, etc) pull up to a station
8	1	máhngám	敏感	過敏；敏感	allergic; sensitive
5	16	máih jáu	咪走	別跑	Stop! (to stop someone who tries to leave or escape)
10	13	m̀dāanjí	唔單止	不但，不只	not only
2	7	mēimàaih ngáahn	瞇埋眼	閉上眼睛	to close one's eyes

課	號	耶魯拼音	廣東話	釋義	English
7	32	m̀gokyi	唔覺意	不留神	unintentionally, unwittingly
10	19	m̀gwaaidāk	唔怪得	怪不得	no wonder
5	7	mòhngdou yāt tàuh yīn	忙到一頭煙	忙死了	terribly busy
6	26	móuh géi hó	冇幾何	甚少	seldom
5	1	móuh wóng gún	冇王管	沒王法	lawless
9	33.1	móuh yāmgūng	冇陰功	造孽，令人不忍	heart-rending, piteous, tragic
9	20	móuhsāmgēi	冇心機	不用心，沒心思	not enthusiastic, downhearted
6	7	mòuhlālā	無啦啦	無緣無故	without reason
7	9	mòuhwaih	無謂	沒必要	there's no need to
7	6	m̀tūng	唔通	難道	used at the beginning of a rhetorical question for emphasis, translated as "Do you really mean…?"
8	27	mùhngchàhchàh	朦查查	模模糊糊；稀裏糊塗	blurred, vague; confused, bewildered
5	30	nāubaaubaau	嬲爆爆	氣呼呼	very angry
6	13.1	ngáahnfan	眼瞓	睏	sleepy
10	7	ngàaih gāang dái yeh	捱更抵夜	開夜車，熬夜	to work late into the night
10	16	ngahptáu / ngahptàuh	岌頭	點頭	to nod

課	號	耶魯拼音	廣東話	釋義	English
4	12	ngàhyīn	牙煙	危險	dangerous
1	22	nìhm	唸	貼	to stick, to glue
5	15	nihngjyuntàuh	擰轉頭	回過頭，扭頭	to turn one's head
2	27	nūng	燶	糊，焦	burnt, overdone, scotched
10	14	paai	派	分發	to hand out, to distribute
7	28	paak ngaahng dong	拍硬檔	通力合作；幫個忙吧；合作點	to be fully cooperative; Please give a hand!; Please be cooperative!
7	28.1	paakdong	拍檔	搭檔；搭檔的人	to partner; partner
3	11	paaktō	拍拖	談戀愛	to date
10	5	pàauhsyū	刨書	啃書	to delve into books
4	8	pàhtàuh	爬頭	超車；超越，超過	to overtake other cars; to surpass
3	22	pèihlāu / péilāu	皮褸	皮外套	leather jacket
6	5	pokfēi	撲飛	搶購門票，奔票	to rush to buy tickets
7	7	sá taaigihk	耍太極	打太極拳	to practise Taichi
7	1	sāangsing	生性	（小孩或年青人）聽話，懂事，乖	(of children and youngsters) sensible, understanding
4	19	sàhn	神	壞，出故障	to malfunction
4	1	sái	駛	開（車）；駛	to drive (a vehicle)

課	號	耶魯拼音	廣東話	釋義	English
7	16	sáidāk	使得	管用，行	great, excellent, effective
7	17	sailouh(jái)	細路（仔）	小孩子	small child
10	8	sājí	沙紙	文憑，證書	certificate
2	31	sāmyūkyūk	心郁郁	有點心動	to be a little tempted to
9	24	sānfú	辛苦	難受，不舒服；辛苦	not feeling well, uncomfortable; (of work) tiring; to toil
7	23	sāugūng	收工	下班	to get off work
2	8	sāumēi	收尾	後來	in the end
7	14	sāusin	收線	掛電話	to hang up (phone)
7	15	sehláam	射籃	投籃	to shoot a basketball
1	31	sèhngdau yàhn / sìhngdau yàhn	成竇人	一家子（人）	the whole family
10	28	séi	死	慘，糟	doomed; Oh no!
10	21	séjihlàuh gūng	寫字樓工	文職工作	office job
6	19	sēsíu	些少	少許	a little
9	19	séuhngchē	上車	初次置業；上車	to buy real estate for the first time; to board a car / bus / train etc.
9	6	séuhngtòih	上台	加入手機月費計劃	to use tariff monthly plan of mobile service
1	9	seuihfóng	睡房	臥室	bedroom

課	號	耶魯拼音	廣東話	釋義	English
1	24	sihdōfóng	士多房	儲物間	store room
9	16	sihfaahn dāanwái	示範單位	樣板房	showroom (for a flat)
3	8	sihjái	侍仔	服務員，服務生	waiter in a western restaurant or hotel
2	1	sihsi	食肆	餐廳、飯館、大排檔等吃飯的地方	eatery
2	25	sihyàuh	豉油	醬油	soy sauce
9	32	sīkchìhng gabouh	色情架步	色情場所	sex den, vice den
9	9	sīkháu	息口	利率	interest rate
3	23	sō	梳	梳；梳子	to comb; comb
1	19	sósìh	鎖匙	鑰匙	key (to a lock)
9	1	sōtòhng gājē	疏堂家姐	遠房堂姐，遠房表姐	distant elder female cousin
2	10	sung	送	（用菜）下（飯、粥等）	to eat dishes to go with plain rice / congee
5	23	sūngdī	鬆啲	多一點	a little more than …
2	6	syúhn	吮	吮吸，嘬	to suck and lick
10	15	táipa	睇怕	恐怕	(I'm) afraid…, it looks like…
7	20	tam	氹	哄	to coax
7	3	tàuhchekchek	頭赤赤	頭有點兒疼	to have a little headache
4	2	táuhei	唞氣	呼吸；喘氣	to pant

課	號	耶魯拼音	廣東話	釋義	English
5	31	tàuhsīn	頭先	剛才	just now
4	16	táuseuhn tiuh hei	唞順條氣	喘過氣來	to catch one's breath
10	12	tīpsí	貼士	提示；小費	hint; tips
6	1	tòhng chī dáu	糖黐豆	形容感情深，形影不離	(friends) very close and inseparable
7	13	toklaaih	託賴	託您的福；謝天謝地	thanks to you; thank heavens
2	19	tōnghok	湯殼	湯勺	soup ladle
2	2	tūnggāai	通街	滿街	everywhere in the street
1	2	ūkchyūn / ngūkchyūn	屋邨	住宅小區，尤指政府公屋	housing estate
1	2.1	ūkyún / ngūkyún	屋苑	住宅小區，尤指私人樓宇	(privately owned) housing estate
8	8	únglam / ngúnglam	擁冧	推倒	to push down
8	18	wah sìh wah	話時話	說起來	by the way
2	5	wahtdaht	核突	噁心；非常難看	disgusting; ugly
3	24	wāi	威	精神，神氣；威風	(of dress) smart; (of look) spirited, imposing
8	15	wán léuhng chāan	搵兩餐	謀生	to make a living
3	19	wāt	屈	硬逼；冤枉	to wrong, to treat unjustly
9	2	wuhháu	戶口	賬戶	account

課	號	耶魯拼音	廣東話	釋義	English
10	23	wùihlàuh	回流	外出求學或謀生的人回來定居	people who go overseas return to their hometown
8	5	wūjōu	污糟	骯髒	dirty
3	15	wūjōu laahttaat	污糟辣撻	髒兮兮	dirty
8	7	wūyīng	烏蠅	蒼蠅	a kind of insect, fly
5	11	yàhnlùhng	人龍	長隊	long line of people
9	4	yahpchín	入錢	充值	to add value to a stored-value card
3	28	yahpfo	入貨	進貨	to buy in
7	22.1	yahtgāang / yahtbāan	日更 / 日班	日班	day shift
7	21	yáih	曳	不乖	not being a good kid
9	33	yāmgūng	陰功	造孽，令人不忍	heart-rending, piteous, tragic
9	8	yānjyuh	因住	小心，留神	to be careful
6	16	yāt gauh wàhn	一嚿雲	糊裏糊塗，雲山霧罩	confused
7	10	yātyaht	一日	整天；一天	all day
6	18	yāu	憂	擔心，愁	worry
1	23.1	yàuh	髹	刷，塗	to paint; to put on paint or colour
1	23	yàuh fūiséui	髹灰水	刷牆	to paint a wall
1	13	yàuhjaahm	油站	加油站	gas station

課	號	耶魯拼音	廣東話	釋義	English
2	9	yàuhjagwái	油炸鬼	油條	"deep fried ghost", deep fried dough sticks
5	28	yáuhnaahn	有難	有麻煩	in trouble
9	18	yáuhpàaih	有排	有很長一段時間	for an excessively long time
9	20.1	yáuhsāmgēi	有心機	專心，用心，有心思	devoted, enthusiastic, patient
7	22	yehgāang / yehbāan	夜更 / 夜班	夜班	night shift
9	11	yìhnggwōngmohk	熒光幕	屏幕，顯示屏	screen of computer or TV
3	9	yìhngjái	型仔	帥，瀟灑	(of look) cool
1	11	yihpjyú	業主	房主；房東	owner of property; landlord / landlady
2	23	yihthei	熱氣	上火	having symptoms like sore throat, mouth ulcer etc after eating too much grilled or fried food, or high-calorie food that increase body heat
6	6	yīmjīm	腌尖	過分挑剔	picky
6	27	yíngséung	影相	照相，拍照	to take photos
10	26	yuhjó	預咗	有思想準備	to be expected
3	4	yuhthahfo	月下貨	因款式過時而減價出售的貨品	merchandise out of the season

附加詞彙索引

課號	耶魯拼音	廣東話	釋義
1	āaipēngdang / ngāaipēngdang	挨拼凳	靠背椅
1	āaipēngyí / ngāaipēngyí	挨拼椅	靠背椅
3	āamsān	啱身	合身
5	áiáisaisai	矮矮細細	矮小
5	a-yī	阿姨	母親的妹妹
2	baahkcheuk	白灼	焯熟
7	baatgwa	八卦	好打聽，愛管閒事；愛搬弄是非
10	bātpáau	筆刨	削筆刀，捲筆刀
10	beihfo	備課	（教師）備課；（學生）預習
4	bōgwan	波棍	汽車手檔
9	Bōjí	坡紙	新加坡貨幣
2	bōkbōkcheui	卜卜脆	嘎嘣脆
2	bōu	煲	用較多的水長時間煮
6	cháai lōulá	踩 roller	滑旱冰
1	chāantói	餐枱	餐桌
10	chaatjígāau	擦紙膠	橡皮

課號	耶魯拼音	廣東話	釋義
4	cháauchē	炒車	撞車
3	chàauh	巢	皺
4	chāaupàaih	抄牌	開罰單
2	chàh	搽	塗
10	chéngchēung	請槍	請槍手
4	chēpàaih	車牌	駕駛執照；車牌
3	chēsāam	車衫	用縫紉機做衣服
4	chētāai	車呔	輪胎
4	chēui bōjái	吹波仔	呼氣酒精測試的俗稱
10	chēutmāau	出貓	作弊
7	chyun	串 / 寸	囂張
2	daahnngàh	彈牙	（麵）筋道；（肉丸等）富於彈性的口感
5	daat	㧃	"痢"的量詞
7	dākchīk	得戚	沾沾自喜
3	dáléih	打理	保養（衣物、頭髮、物品）；維持（髮型）；照管（生意）
1	dám	扰	捶，大力敲打
1	dang	凳	椅子；凳子
5	dāufūngyíh	兜風耳	招風耳
1	deihjīn	地氈	地毯

課號	耶魯拼音	廣東話	釋義
6	dīdá	啲打	嗩吶的俗稱
4	dihndāanchē	電單車	摩托車
3	dihnfaat	電髮	燙髮
1	dihnjai	電掣	電開關，電閘
3	dīkséui	的水	鬢角
2	dím	點	蘸
4	dīngdīng	叮叮	電車的俗稱
10	fāailóugáap	快勞夾	文件夾
2	faakdáan	口蛋	打雞蛋
8	faatpóuhgāau	發泡膠	泡沫塑料
1	fājēun	花樽	花瓶
10	fandouh	訓導	批評教育
1	fāsá	花灑	蓮蓬頭
3	fēifaatpóu	飛髮舖	理髮店
5	fèihdyūtdyūt	肥嘟嘟	胖乎乎
3	fīt	fit	合身
4	fogwaihchē	貨櫃車	集裝箱車
7	fógwán	火滾	暴怒
5	fong gwailéi	放貴利	放高利貸
7	fūi	灰	沮喪

課號	耶魯拼音	廣東話	釋義
1	fūngsin	風扇	電扇
1	fūngtúng	風筒	電吹風
1	gaai	鎅	割
10	gaaijídōu	鎅紙刀	裁紙刀
1	gāaijyūn	階磚	地磚
10	gaanchék	間尺	尺子
6	gaapbēn	夾 band	玩樂隊
8	gāau	膠	塑料；橡膠
10	taumihng gāaují	透明膠紙	透明膠
10	gaaují	鉸剪	剪刀
10	gaisougēi	計數機	計算器
3	gāsihmē	咖士咩	開司米
3	gel tàuh	gel 頭	用啫喱固定髮型
1	genggá	鏡架	鏡框
2	giht	傑	濃稠
7	gīkhei	激氣	非常生氣；令人非常生氣的
10	góibóu	改簿	改作業
10	góimán	改文	改作文
10	góngsyū	講書	講課

課號	耶魯拼音	廣東話	釋義
7	gōudau	高竇	傲慢，看不上別人
2	guhk	焗	利用蒸汽使密閉容器中的食物變熟
7	gūhòhn	孤寒	吝嗇
5	gūjái	姑仔	小姑
5	gūjē	姑姐	姑姑
3	gūngjái	公仔	人物圖案；毛絨玩具，玩具娃娃；人形模特
1	gwaihtúng	櫃桶	抽屜
3	hāakchīu	黑超	墨鏡的俗稱
5	hah'pàh	下爬	下巴
6	hahpgāfūn jitmuhk	閤家歡節目	老少皆宜的節目
2	hēungháu	香口	（煎炸食品）吃在嘴裏很香
4	héung'ōn / héungngōn	響安	摁喇叭
7	hóuyih wahwàih	好易話為	很容易説話，好商量
4	hùhngdīk	紅的	市區的士
4	jānbóu haakgēi	珍寶客機	大型客機
1	jāp sáuméih	執手尾	把主體工程完成後的零碎工作做完；收拾殘局
5	jáunāp	酒凹	酒窩
8	jēun	樽	瓶子

課號	耶魯拼音	廣東話	釋義
4	jipbok bāsí	接駁巴士	連接主幹線和最終目的地的公共汽車
7	jīujīk	招積	自大，招搖
1	johdeihdāng	座地燈	落地燈
1	johtóidāng	座枱燈	枱燈
6	jouhjīm	做 gym	健身
6	jūkkéi	捉棋	下棋
4	jyunbō	轉波	換檔
1	jyúsihklòuh	煮食爐	爐子
7	kàhnlihk	勤力	勤奮
3	kām	襟	耐穿；耐用
1	kéihgōng	企缸	淋浴間
7	kū	cool	酷；冷漠
1	kūséun	咕順	靠墊
5	lā	瘌	疤
1	la	罅	縫
10	lahmbāan	冧班	重讀
3	lātsīk	甩色	掉色
10	làuhbāan	留班	留級
3	lēisí	喱士	蕾絲

課號	耶魯拼音	廣東話	釋義
2	lohk	落	放，下（調味品）
1	lòhsī'pāi	螺絲批	螺絲刀，改錐
2	lōu	撈	拌
7	lòuhhei	勞氣	生氣
1	louhtòih	露台	陽台
5	lóuhyèh	老爺	公公，即丈夫的父親
4	luhkdīk	綠的	新界的士
3	luhkgwānjōng	陸軍裝	板寸，寸頭
4	lūk	轆	輪子
1	lūkgáchòhng	碌架牀	雙層牀，上下架子牀
1	lūng	窿	洞
10	maahnjihgáap	萬字夾	迴形針
10	mahkséuibāt	墨水筆	鋼筆
10	mahksyū	默書	默寫；聽寫
3	mahtfu	襪褲	褲襪
5	mák	瘷	痣
2	mītpèih	搣皮	剝皮
4	mōdá	摩打	發動機
7	m̀sīkjouh	唔識做	不識時務，不識趣
5	mūngjyū'ngáahn	矇豬眼	小眼睛

課號	耶魯拼音	廣東話	釋義
5	nàaihnáai	奶奶	婆婆，即丈夫的母親
2	nàhm	腍	軟爛
4	náu táaih	扭軚	打方向盤
7	ngaahnggéng	硬頸	固執
5	ngáahnyāpmōu	眼翕毛	眼睫毛
2	ngahn	韌	老得難以嚼爛
4	ngàuhyuhkgōn	牛肉乾	交通罰單的俗稱
5	ngoihfú	外父	岳父
5	ngoihmóu	外母	岳母
10	paaiwái	派位	分配學位
4	paakchē	泊車	停車
7	pacháu	怕醜	害羞
2	pāipèih	批皮	削皮
2	saahp	烚	用白水長時間煮
7	saidáam	細膽	膽小
2	sám	審	撤
3	sāmháujām	心口針	胸針
5	sānpóuh	新抱	媳婦
4	sāujai	收掣	剎車
6	sáujok	手作	手工藝品製作

課號	耶魯拼音	廣東話	釋義
5	saumáangmáang	瘦掹掹	乾瘦乾瘦的
3	sáungáak	手鈪	手鐲
4	sehkbok	石壆	路橋等設施上起分隔或阻擋作用的石欄；人行道靠近行車道一側的鑲邊石
4	séifó	死火	因故障熄火
1	séui'hàuh	水喉	水管
1	séuijai	水掣	水開關
3	sēutfaat	恤髮	稍加修剪或修飾
1	sihbālá	士巴拿	扳手
7	sīkdū	識 do	識時務，識趣
7	sīkjouh	識做	識時務，識趣
4	sīksìh	熄匙	熄火，熄滅引擎
9	sīn	仙	分
10	sīngbāan	升班	升級
1	sīngpùhn	鋅盆	洗手盆，洗碗池
4	síuyìhng haakfochē	小型客貨車	麵包車
1	sōfá	梳化	沙發
6	sōu	騷	演出，秀
8	sougāau	塑膠	塑料

課號	耶魯拼音	廣東話	釋義
5	sūkjái	叔仔	小叔
4	syutgōutúng	雪糕筒	錐形路障
1	syutgwaih	雪櫃	冰箱
4	táaihpùhn	軚盤	方向盤
4	tāatjeuhk	撻着	打着火；擦出火花
6	tái daaihhei	睇大戲	粵港地區指看粵劇
7	táidākhōi	睇得開	看得開
7	táiṁhōi	睇唔開	看不開
3	tāubohk	偷薄	把頭髮剪薄
10	tēngsyū	聽書	聽課
4	tìhngpàaih	停牌	吊銷駕照
10	tiptòhng	貼堂	優秀作業貼在課堂上展覽
1	titjaahp	鐵閘	鐵門
4	titmáh	鐵馬	鐵護欄
10	tiubāan	跳班	跳級
1	tōbáan	拖板	接線板
5	tòhng	堂	"眉"的量詞
6	tóufūngmóuh	土風舞	民族舞
10	tūngséui	通水	泄露考題或答案

課號	耶魯拼音	廣東話	釋義
6	wáan pēpáai	玩啤牌	打撲克
1	wàhnsehk	雲石	大理石
10	wānsyū	温書	溫習，複習
4	vēnjái	van 仔	小型客貨車的俗稱
9	Yàhnjái	人仔	人民幣的俗稱
3	yām	蔭	劉海
8	yámtúng	飲筒	吸管
1	yáumuhk deihbáan	柚木地板	木地板
9	Yēn	Yen	日元
5	yìhsāng	姨甥	外甥
1	yihtséuilòuh	熱水爐	電熱水器
5	yījái	姨仔	小姨
10	yíngyan'gēi	影印機	複印機
2	yīnngahn	煙韌	有嚼勁
10	yùhnjíbāt	原子筆	圓珠筆

情景說話練習索引

商務印書館 讀者回饋咭

請詳細填寫下列各項資料，傳真至 2565 1113，以便寄上本館門市優惠券，憑券前往商務印書館本港各大門市購書，可獲折扣優惠。

所購本館出版之書籍：_____

購書地點：_____　姓名：_____

通訊地址：_____

電話：_____　傳真：_____

電郵：_____

您是否想透過電郵或傳真收到商務新書資訊？　1□是　2□否

性別：1□男　2□女

出生年份：_____ 年

學歷：1□小學或以下　2□中學　3□預科　4□大專　5□研究院

每月家庭總收入：1□HK$6,000以下　2□HK$6,000-9,999
　　　　　　　　3□HK$10,000-14,999　4□HK$15,000-24,999
　　　　　　　　5□HK$25,000-34,999　6□HK$35,000或以上

子女人數（只適用於有子女人士）　1□1-2個　2□3-4個　3□5個以上

子女年齡（可多於一個選擇）　1□12歲以下　2□12-17歲　3□18歲以上

職業：1□僱主　2□經理級　3□專業人士　4□白領　5□藍領　6□教師　7□學生
　　　8□主婦　9□其他

最常前往的書店：_____

每月往書店次數：1□1次或以下　2□2-4次　3□5-7次　4□8次或以上

每月購書量：1□1本或以下　2□2-4本　3□5-7本　4□8本或以上

每月購書消費：1□HK$50以下　2□HK$50-199　3□HK$200-499　4□HK$500-999
　　　　　　　5□HK$1,000或以上

您從哪裏得知本書：1□書店　2□報章或雜誌廣告　3□電台　4□電視　5□書評/書介
　　　　　　　　　6□親友介紹　7□商務文化網站　8□其他（請註明：_____）

您對本書內容的意見：_____
_____

您有否進行過網上購書？　1□有　2□否

您有否瀏覽過商務出版網（網址：http://www.commercialpress.com.hk）？1□有　2□否

您希望本公司能加強出版的書籍：1□辭書　2□外語書籍　3□文學/語言　4□歷史文化
　　　　5□自然科學　6□社會科學　7□醫學衛生　8□財經書籍　9□管理書籍
　　　　10□兒童書籍　11□流行書　12□其他（請註明：_____）

根據個人資料「私隱」條例，讀者有權查閱及更改其個人資料。讀者如須查閱或更改其個人資料，請來函本館，信上請註明「讀者回饋咭-更改個人資料」

香港筲箕灣
耀興道3號
東滙廣場8樓
商務印書館（香港）有限公司
顧客服務部收